희망꽃이 피었습니다

유명숙

희망꽃이 피었습니다

초판 1쇄 인쇄일 2021년 08월 13일
초판 1쇄 발행일 2021년 08월 20일

지은이 유명숙
펴낸이 양옥매
디자인 임홍순 김영주
교　정 조준경

펴낸곳 도서출판 책과나무
출판등록 제2012-000376
주소 서울특별시 마포구 방울내로 79 이노빌딩 302호
대표전화 02.372.1537　팩스 02.372.1538
이메일 booknamu2007@naver.com
홈페이지 www.booknamu.com
ISBN 979-11-6752-013-5 (03800)

경남문화예술진흥원의 문화예술지원을 보조받아 발간되었습니다.

희망꽃이 피었습니다

유명숙 세 번째 에세이

책과나무

창문을 열면 연분홍 찔레가 봄을 홀리더니 어느새 능소화가 얼굴을 내민다.

연분홍 찔레꽃 그늘 아래서 무언가를 흥얼거리던 짧은 봄날은 가고 여름날 장대비에 찔레는 몸을 던졌다. 하늘을 찌르던 능소화마저 지겠다. 애달픔에 진종일 들락거리며 소화 모습 내 마음에 담는다. 자연 그대로 와서 잠시 기쁨을 주고 가뭇없이 사라지는 것들에게서 인생을 배운다.

세 번째 이야기를 엮으며 오롯한 기쁨을 준 꽃들을 떠올린다. 내 글도 누군가에게 꽃이 되었으면 하는 넘치는 기대도 해 본다.

각자 영역에서 열심히 생활하는 가족, 출판사 책과나무 여러분, 바쁜 시간 내어 고운 목소리 실어 준 박미정 님에게 고마운 마음을 싱그러운 바람에 실어 보낸다.

2021년 여름

유명숙

＊ 차례 ＊

4부_ 희망꽃이 피었습니다

1부

내 마음의 갖풀

*

한 뼘씩 한 걸음씩

만들어 가는 시간 속에서

겨레붙이와 내 이웃과 자연과

이마를 맞대고 마음을 잇는다면,

행복이란 말 없이도

이미 행복해져 있지 않을까.

거멀못은 내 안에 자연스럽게 자리 잡아

사람과 사람 사이의

어색하고 민망한 곳을 붙여

아우르는 갖풀이 될 거다.

내 마음의 갓풀

목소리로
책을 만나보세요

　창고에 오래된 농기구와 생활용품이 있다. 필요한 사람에게 주고 남은 것이지만 유용하게 사용한다. 못 상자는 아버님께서 손수 만드셨다. 손잡이가 달려 있고 칸이 나누어져 있다. 잔멸치처럼 가늘고 작은 못부터 한 뼘 길이의 큰 못까지 크기에 따라 분류해 놓은 품새가 손끝이 야무진 아낙의 반짇고리 같다. 사용한 못을 뽑아 바르게 편 것도 있고 잿더미 속에서 찾아낸 듯한 것도 보인다. 그중에서 못 같은데 머리도 꼬리도 없는 것이 있다. 궁금하여 남편에게 용도를 물어보았더니 거멀못으로 쓰려고 오래된 탈곡기의 원통에서 뽑아 둔 것이란다.

　거멀못은 나무 그릇 따위의 터지거나 벌어진 곳이나 벌어질 염려가 있는 곳에 거멀장처럼 겹쳐 박는 못이다. 자신의 모습을 잘 드러내지 않으면서도 완벽한 역할을 하는 것이 집안의 큰며느리 같다. 어머니 대신 살림을 이끌어 가는 속 깊은 맏딸 같기도 하다. 못 상자와 함께 못을 잘 다룰 수 있는 망치도 있다. 요즘 물건처럼 날렵하지는 않지만, 이웃에 살던 대장장이가 두드려 만든 것이다.

가래도 있다. 가래는 알곡과 쭉정이를 가리기 위해 곡식을 떠서 바람에 날릴 때 쓰는 농기구다. 가벼운 쭉정이는 멀리 날아가고 무거운 알곡만 소복이 쌓인다. 지금은 박물관에나 있음직하지만, 옛날에는 꼭 필요한 도구였다. 나무로 만든 큰 주걱 같은데 턱이 네모지다. 넓적한 아랫부분과 손잡이가 닳았다. 손잡이는 철사로 동여매 두었지만, 아랫부분의 벌어진 부분은 겹쳐서 거멀못을 박아 놓았다. 머리와 꼬리는 몸판에 들어가 있어 손을 다칠 염려나 다른 농기구와 부딪혀 서로에게 상처를 입힐 일이 없다. 나무를 파서 만든 함지와 쇠죽바가지도 언젠가는 요긴하게 쓸 것을 짐작했는지 거멀못으로 손질해 두셨다.

쇠는 수명이 다한 생활용품을 다시 쓸 수 있게 하고 자신을 몸에 품은 물체는 화염 속에서 재가 되어 사라져도 오롯이 남아 재활용되기도 한다. 그뿐인가, 굽어진 몸도 곧게 세워 누군가를 위해 자신을 바친다. 쇠는 오래전부터 인간의 편리한 생활을 위해 끊임없이 발전했다. 건설 현장에서는 드러나는 곳이나 드러나지 않는 곳에서 가장 중요한 골격을 형성한다. 인체에도 철심을 넣어 아픈 곳과 하나가 되

어 버틸 수 있도록 하지 않은가. 또한, 수거나 재활용이
확실하다. 쇠는 문명의 발달과 더불어 영원히 필요한 존재로
남을 것이다.

거멀못 덕분에 다시 사용되는 것들을 바라보며 근검절약
정신을 되새기다 아버님 마음을 헤아려 본다. 외며느리라
고 힘들고 외롭다며 푸념할 것이 아니라 사촌 동서들과 시
누이들을 보듬고 다독이며 잘 지내라는 바람이었을 거다.
드러내지 않고 자신의 자리에서 집안의 주축이 되어 이끌
어 가라는 무언의 암시였을 게다. 급변하는 사회에서도 나보
다는 다른 사람을 먼저 껴안을 수 있는 며느리이기를 바라는
아버님의 염원일 수도 있겠다.

온갖 상념들이 꼬리를 물고 일어난다. 일희일비하던 일
들이 생각난다. 잘못된 길에 들어 헤매는 것 같아도 목적지
에 도달한 다음에야 보면 그 길이 비록 가풀막이고 험난해
도 지름길이자 유일한 길이었던 경우가 많다. 그때는 자신
이 만든 흙탕길에서 허우적대느라 자식들의 재롱도 영특함
도 한껏 예뻐하지 못했다. 칭찬도 인색했다. 주위를 돌아
볼 마음의 여유가 없었다. 양가 부모님을 한 분씩 보내고
돌아서니 길게만 느껴지던 젊은 날이 가고 어느덧 할머니
라고 불린다.

어느 노학자는 살아 보니 육칠십 대가 인생의 황금기더

라고 한다. 이제라도 인생의 절정기를 느긋한 마음으로 관조하며 다독여야겠다. 자기 충실 속에서 스스로 만들어 가는 일만큼 깊은 기쁨이 어디에 또 있겠는가. 한 뼘씩 한 걸음씩 만들어 가는 시간 속에서 겨레붙이와 내 이웃과 자연과 이마를 맞대고 마음을 잇는다면, 행복이란 말 없이도 이미 행복해져 있지 않을까. 거멀못은 내 안에 자연스럽게 자리 잡아 사람과 사람 사이의 어색하고 민망한 곳을 붙여 아우르는 갖풀이 될 거다.

튤립과 콩나물시루

네덜란드에서 튤립 알뿌리 한 상자가 도착했다. 사돈이 보낸 선물이다. 꽃이 피어 봐야 꽃 모양과 색깔을 알 수 있다는 쪽지가 들어 있다. 아리무던한 안사돈의 심성을 생각하며 물 빠짐이 잘되는 양지바른 곳에 터를 잡았다. 혹시 하는 마음에 화분에도 심었다. 암스테르담의 꽃 시장에서 본 음전한 재래종과 끊임없이 개량된 화려한 튤립이 아른거렸다.

기다리는 사람의 마음을 알았는지 아직 소한과 대한 추위도 남았는데 새순을 올렸다. 황당했다. 웃자라서 얼기라도 한다면 낭패다 싶어 왕겨를 덮어 주고 화분은 현관으로 옮겼다. 올라온 싹이 서서히 자랐지만, 변화를 느끼기에 충분했다. 먼저 올라온 잎이 벌어져 속잎이 나오는 모습을 찍어 독일에 사는 딸과 사위에게 자주 보냈다.

사진을 본 딸이 많이 본 화분 같다고 혹시 할머니께서 쓰던 콩나물시루 아니냐고 물었다. 맞다, 지금은 큰 시루를 사용할 기회가 없어 화분으로 용도를 바꿨다. 어떻게 알았냐고 물었더니 아가리에 둘러놓은 테를 보고 어릴 때 기억이 떠올랐단다. 자세히 보니 철사 두 줄이 꼬여 있었다. 옹기와 녹슨 철사 색깔이 비슷하여 쉽게 눈에 띄지 않았지만, 까맣게 잊고 있었던 이야기가 생각났다.

어머님께 금이 가서 철사로 묶었느냐고 여쭤보았다. 새 옹기를 사자마자 아버님께서 테를 멨다고 하셨다. "행여 무거운 옹기를 들다가 금이 가더라도 깨어져 다치는 일이 없도록 조치를 한 거지." 말씀하시는 어머님의 볼에 노을빛이 번졌다.

테란 어그러지거나 깨지지 않도록 그릇의 몸을 둘러맨 줄이다. 성한 그릇보다는 금이 갔거나 벌어질 조짐이 있을 때 두르는 것 아닌가. 옛날에 쓰던 장독을 살펴보니 모두 철사를 꼬아 매어 놓았다. 한솥밥을 먹는 가족에게 좋은 음식을 제공하고 온갖 먹을거리를 보관하는 크고 작은 옹기에 아버님의 손길이 닿아 있었다. 내 집에 들어온 물건이라 오래 함께하고 싶었던 오롯한 마음이 묻어났다. 부모님은 돌아가셨지만 아직도 자신의 소임을 다하고 있는 테는 철사 두 가닥으로 표현한 아버님의 웅숭깊은 배려였다.

튼실한 콩을 골라 콩나물을 기를 때 어머님은 정갈함을

강조했다. 물을 주기 전에는 반드시 손을 씻어야 하고, 물이 조금이라도 탁해지면 새 물을 길어 아직 덜 자란 콩이 흐트러지지 않게 따리 위에 뿌려 주었다. 천천히 자라는 콩나물이 자식들 입에 밥 들어가는 것만큼 사랑스럽다는 표정을 지었다.

어느새 운두 위로 쑥 올라온 노란 국화꽃 다발 같은 콩나물을 뽑아 나물 반찬으로 두레상에 올렸다. 자식들은 코를 박고 우적우적 먹으면서도 조금 덜 자랐으면 좋았을 터라는 생각만 했지 부모님의 깊은 뜻을 몰랐다. 양을 늘려서 배부르게 먹이고 싶은 마음을.

오지그릇 하나에도 금이 가기 전에 테를 메워 가족의 안위를 염원하는 가장의 정성이 건전한 가정을 꾸려 나가게 했다. 근검절약하는 생활신조가 이만큼의 풍요를 이루어 냈다. 콩나물을 키우면서도 온 정성을 쏟는데 자식의 성장을 바라보는 부모의 마음은 얼마나 저렸을까. 가족의 건강과 행복을 위해 묶어 놓은 아버님의 사랑을 이제야 찡하게 가슴에 담는다. 크고 작은 옹기에 둘러놓은 철사는 우직한 아버님의 사랑 표현이다.

시루에 심은 튤립의 싹이 모습을 보인 지 보름 만에 두 번째 잎을 피운다. 조심스럽게 잎을 펼치는 모습이 사랑스럽다. 잎 두 장이 서로 의지하며 조금씩 품을 넓히더니 꽃봉오리가 잎사귀 사이에서 얼굴을 내민다. 연보라색이다.
알뿌리를 심은 지 넉 달 만에 꽃을 본다. 산골짜기에서 떠
오르는 해님처럼 반쯤 올라왔다. 이삼일 지나면 쑥 올라와
꽃이 피지 않을까. 활짝 핀 꽃보다는 봉오리일 때가 예쁘다
지만 핀 꽃을 보고 싶다. 모두의 정성과 관심이 담긴 꽃이
머잖아 여러 송이 필 것이다.

튤립 알뿌리는 아직 덜 여문 아들과 며느리에 대한 사돈
의 사랑 표현이다. 그 사랑에 보답하기 위해 많은 꽃을 피
워 원하는 사람에게 나누어 주리라.

도토리묵이 놓아 준 다리

자드락밭 언저리에 상수리나무가 두 그루 있다.

도토리묵을 좋아하는 아버님께서 심었다. 산을 타며 도토리를 줍는 어머님의 수고를 덜어 주려는 마음 씀이었다. "톡 또르르, 톡 탁." 어떤 곳에는 한 줌씩 모여 있기도 하다. 경사진 곳에 떨어져 편편한 곳까지 굴러온 것이다. 도토리를 산짐승 먹이로 양보하라지만 우리는 어느 정도 주워야 한다. 그대로 두면 멧돼지가 내려와 밭작물까지 결딴을 내기 때문이다.

귀촌하여 밭농사를 짓는다. 작물에 지장이 있어 상수리나무를 벨까 생각했다. 장비를 갖추어 나무 앞에 서자 시부모님 얼굴이 떠올랐다. 어머님은 묵을 수시로 쑤었다. 끓이는 것도 힘이 들지만, 도토리 껍질을 까고 알맹이를 불려 맷돌에 가는 작업이 예삿일이 아니었다. 베 보자기에 걸러 몇 번이나 물을 갈아 주며 떫은맛을 우렸다. 겨울이면 살얼음이 언 윗물을 따라 내고 가라앉힌 앙금을 말려 보관했다가 묵을 쑤어 밥상에 올리고 손님 대접도 했다. 시어른께서 돌아가시고 나서는 만드는 과정이 성가셔 한동안 묵 쑤는 것을 그만두었다.

"톡" 떨어지는 소리에 도토리가 눈에 어른거린다. 눈을 질끈 감고 침을 삼키며 참는다. 어느 날 밭에서 주워 온 도토리 껍질을 까고 있는 나를 보았다. 참 생각도 없다며 나무라다가 만들어진 도토리 앙금을 보면 부자가 된 기분이다. 어머님의 정성을 생각하면 어쩌다 쑤는 묵이 뭐 그리 힘드냐 싶어 마음이 흔들린다. 어머님께서는 음식으로 사람의 마음을 열고 정을 쌓으셨다. 편하게 생활하다 보면 나태해지기 쉽다고 자신을 다잡는다.

손님이 올 때면 미리 묵을 쑨다. 물을 많이 잡으면 풀어지고 너무 되면 단단해서 미감이 덜하다. 처음에는 센 불에, 엉기면 중간 불로 낮추고, 마지막에 뭉근한 화력을 유지하면서 부지런히 저어 준다. 들기름이나 참기름을 조금 넣어 주면 반드르르하고 고소한 맛이 더해진다. 물에 묵 방울을 떨어뜨려 풀리지 않으면 얕은 용기에 부어 식힌다.

탱글탱글하고 윤기 나는 묵을 손바닥에 놓고 치면 떨림이 온몸으로 전해진다. 그 느낌이 대단한 음식을 만들어 어머님의 정을 이어 가는 듯한 기분이 들게 한다. 떫은맛이 약간 받치면서 혀만 꾹 눌러도 잘 넘어간다며 치아가 부실한 어르신들이 잘 드신다. 입맛을 잃은 어른을 찾아뵐 때도 좋다.

손녀가 할머니 심성을 닮았나 보다. 독일 함부르크에 사는 딸아이가 근처 공원에서 운동하다가 도토리를 보았다며 흥분한다. 기후 조건만 맞으면 어디엔들 참나무가 없을까. 물에 우려 둔 도토리를 갈아 묵을 쑤는 분주함이 전화기 너머로 느껴진다. 묵 쑤던 할머니 모습을 떠올리며 열심히 저었더니 비슷한 모양새가 갖추어졌다고 들떠 있다. 가르쳐 주지도 않았는데 인터넷에서 도움을 얻고 어깨너머로 본 눈썰미로 만들다니. 곧 갖은 채소를 깔고 모양을 낸 묵에 양념장을 끼얹어 찍은 사진이 날아온다.

한번은 위층에 사는 노인에게 조금 드렸더니 내외가 산책하러 가서 주머니가 볼록하게 도토리를 주워 와서 함께 만들어 먹었다나. 다이어트에 좋고 몸속에 쌓인 중금속 배출에 효험 있는 식품이라 했더니 눈을 동그랗게 뜨며 엄지를 세우더라고 흉내 낸다. 앞으로는 시간이 많은 위층 노인이 도토리를 준비할 것이란다.

묵이 데면데면하던 이웃 사이에 인정이 오가는 다리를 놓았다. 노인은 때때로 독일 전통 음식을 만들어 퇴근 시간에 맞추어 문고리에 걸어 놓는다고 딸 목소리가 카랑하다.

쉬는 날 비빔밥을 만들면 위층으로 배달한다고 사위가 덩달아 허허거린다. 멀리 있는 부모의 빈자리를 조금이나마 채워 주는 이웃 노인을 딸 집에 가면 찾아뵈어야겠다.

타국 생활을 하면서 우리 음식을 곧잘 해 먹는 딸과 건강한 음식이라며 잘 먹는 사위가 실답다. 무엇보다도 며느리와 손녀에게 생활 속에서 음식으로 마음을 열고 정을 쌓는 도리를 깨닫게 해 주신 시어머님께 감사드린다. 오랫동안 도토리묵을 쒀 인정이 오가는 다리를 놓고 싶다.

자드락밭 언저리에 상수리나무가 두 그루 있다.

어쩌다가, 수수

　화단에 수수가 자란다. 씨앗을 뿌린 것도 모종을 심은 것
도 아니다. 작년에 수확한 수수 검불을 날려 보내느라 화단
을 향해 키질했다. 서투른 키질에 알곡이 밖으로 밀려 나간
모양이다. 어쩌다가 좁은 화단에 뿌리내리게 된 셈이다.
모다기로 올라오는 어린 수수를 다른 꽃들을 위해 뽑았다.
개성 뚜렷한 여름꽃들이 기염을 토하더니 하나둘 내년을
기약하고 떠난다.

　있는 듯 없는 듯 엎드려 있던 수수가 슬슬 잎을 흔들며
자태를 드러낸다. 바람 불 때마다 조금씩 몸을 불리고 발돋
움한다. 어느새 쑥 올라와 한참을 치어다보겠다. 키가 크
다 보니 엇구수하다. 열매가 토실해지자 키 낮은 식물 옆에
서 혼자 멋쩍은지 고개 숙인다. 아래에 있는 봉선화를 내려
다보는 눈길이 자애롭다. 맑은 날 스쳐 가는 바람에 갸웃거
리는 모습이 운치 있다.

태풍 소식이 있다. 대나무를 구해 삼각 지지대를 세우네, 끈으로 묶네, 부산을 떤다. 해거름부터 바람이 심상치 않다. 세력이 강한 태풍이라는데 밤새 견딜 수 있을까? 수숫대가 꺾이면 쭉정이가 될 텐데. 뾰족한 수가 없다. 바람 따라 수숫대 따라 내 마음도 요동친다.

아침이 밝자 수숫대부터 챙긴다. 눈부신 햇살 속에 건재한 모습이 보인다. 저 약한 대가 무거운 송아리를 지탱하느라 얼마나 안간힘을 썼을까. 뚝기가 대견하다. 남이 흔들건 내가 흔들 건 쉼 없이 흔들리는 게 삶인가 보다. 미풍에도 수숫대가 낭창거린다. 휘어진 수숫대가 일에 짓눌린 농부의 굽은 등을 닮았다.

서서히 붉은 갈색을 띠자 새들이 툭 건들며 지나간다. 아마 여물어 가는 알곡을 먹을 요량인 듯싶다. 양파 망을 씌워 보호한다. 밭에 심은 수수보다 더 실하고 빨리 익는다. 사람의 손길을 탄 아이처럼 똘똘하다. 먼저 익은 수수를 잘라 말린다. 무끈하다. 밭에서 자란 수수도 꺾어 매달아 놓으니 백 섬지기 부자가 부럽지 않다. 이런 재미에 이웃 노인들이 쉬지 않고 일하나 보다. 금방이라도 쓰러지면 못 일어날 것 같아도 다음 날 또 일한다. 이웃들은 농학 박사보다 더 농사일에 조예가 깊다. 농토를 백이십 프로 이용한다. 땅이나 사람이나 일 년 내내 동동걸음친다.

소용없다, 안된다, 어렵다는 말이 농부의 억척스러운 부지런함 앞에서는 힘을 쓰지 못한다. 이 세상을 온전하게 지탱하는 사람은 해 뜨면 일하고 해가 지면 손 씻는 농부들일 거다. 하여 나도 일찍 일어나 하루를 열고 더위와 추위를 참는 습관이 들었다. 연세가 들어도 쉬지 않고 일하는 그들에게 내가 할 수 있는 것은 "좀 쉬었다 하세요." 위로하는 말뿐이다. 석사 · 박사보다 더 높은 건 '밥사', '술사'라는데 농촌 박사와 어울리려면 밥을 사든지 술을 사야겠다. 아니지 더 급수 높은 '봉사'도 있다. 올해 보건소 자원봉사는 시간이 맞지 않아 쉴 참이다.

벌써 아침저녁 냉기에 밤송이 타는 냄새가 나는 듯하다. 가을의 선명한 하늘과 유순한 빛 그리고 해 질 녘 고요함이 좋다. 불그스름한 가로등이 불을 밝히면 적막하다. 이따금 지나가는 시내버스 불빛이 출렁거릴 뿐 인적이 없다. 자드락밭에서 거둔 무 · 배추로 김장하느라 며칠 동동걸음칠 거다. 처마 아래 매달아 놓은 무청과 채반에 널어놓은 무말랭이는 얼고 녹으며 자연과 더불어 갈무리될 거다. 어느 날 고마운 분들에게 택배 부치느라 부산스럽겠다.

먼 산 우듬지가 서서히 성글어지면, 아낙은 거실 깊숙이 들어온 햇볕 벗 삼아 수수부꾸미를 부치며 볼 붉히겠다.

마음 소리

목소리로
책을 만나보세요

"땡땡땡" "땡땡".

일정한 시간이 되면 트라이앵글을 친다. 세 번 치면 식사 시간, 두 번 치면 간식 시간이다. 이것은 남편과 나와의 약속이다. 이 층 방에서 남편이 악기 연습을 한다고, 냉난방해 놓았다고, 방송을 듣는다고 문을 닫고 있다. 일 층에서 불러도 소리를 듣지 못할 때가 많다. 남편을 부르는 그 소리가 하루도 같은 날이 없다. 음색은 내 감정과 건강에 따라 달라도 무딘 그는 눈치채지 못한다.

오래전에 사찰 기념품 가게에서 작은 목탁을 하나 샀다. '똑똑, 똑 또르르' 음색이 마음에 썩 들지는 않아도 때를 알리는 목적은 달성했다. 손자가 와서 장난감인 줄 아는지 목탁을 치며 놀았다. 가지고 놀다가 흥미가 덜해지면 두겠지 했는데 가져가겠단다. 한동안 이 층을 오르내리며 알리다가 바쁘면 아래층에서 큰 소리를 지르기도 했다.

"식사 시간이요! 간식 시간이요!"

낯선 곳에 가면 곧잘 기념품 가게를 기웃거린다. 밖에서 보다가 소리 나는 물건이 눈에 띄면 가게 안으로 들어간다. 그것이 방울이든 풍경이든 요령이든 물건 앞에 선다. 부드러우면서도 잘 퍼져 나가는 소리를 찾는다. 살짝 흔들어 보다가 음색이 고우면 산다. 집에 와서 흔들어 대다가 기대에 못 미치면 다른 용도로 사용한다.

은은하면서도 상대방을 빨리 움직이게 하는 울림이 강한 소리는 없을까? 외딴집 추녀에 매달린 허수아비 풍경이 맑은 음색을 바람에 실어 보낸다. 바람의 강약에 따라 파장이 다르다. 나도 바람처럼 이 풍경을 흔든다면 맑고 고운 소리로 그를 쉽게 불러 내릴 수 있겠지. 그러나 짐작과는 달랐다. 풍경은 현관 입구에 높이 매달려 서풍이 불면 새들과 함께 합창한다. 아이들의 관심을 집중시키기 위해 사용하는 요령도 사 보았다. 두부 종 같은 느낌이 들어 유치원 유아반에 기증하고 말았다.

강진 도자기 박물관에 견학을 다녀왔다. 푸른 하늘에 만국기처럼 달린 도기가 내는 청아한 선율을 오랫동안 잊지 못해 비슷한 물건을 샀다. 계단 난간에 달아 놓고 손으로 흔들다가 장구채나 꽹과리 채로 건드려 보았지만, 사람을 부를 만한 소리는 아니다.

그러다가 이삿짐 속에 딸려 온 트라이앵글을 만났다. 아이들의 추억이 담긴 리듬악기는 삼십 년도 넘었지만, 새것 같다. 계단 기둥에 줄을 매어 달아 놓았다. 한 손으로 줄을 잡고 쇠막대기로 정확한 위치를 쳐야 할 텐데 그렇지 못할 때가 많다. 물 묻은 손으로 닥치는 대로 치니 울림보다는 나무 기둥에 부딪혀 둔탁한 음이 난다. 무슨 소리로 불러도 남편의 반응은 여일하다. 그렇다면 부딪히는 제 몸이 면적이 넓고 단단하여 큰 소리가 나는 심벌즈를 구해 '쾅쾅' 울려 볼까? 아니야, 좀 더 거역할 수 없는 안주인의 위엄과 매력을 갖춘 소리를 찾아야지.

크라이스트처치에 있는 헤글리 공원이다. 그늘에 족히 백 명 넘게 모여 앉을 수 있는 큰 나무가 있다. 바닥으로 처진 여러 굵은 나뭇가지에 관광객들이 앉아 기념사진을 찍는다. 부산하다. 다른 나뭇가지에는 원주민 여인이 양반다리로 앉아 싱잉볼을 무릎에 얹어 두고 있다. 크기가 안방에 두던 돌화로만 한데 아주 편안한 자세로 귀한 보물을 안은 듯하다.

어수선한 분위기에도 아랑곳하지 않고 여인의 표정이 의연하다. 가장자리를 작은 막대기로 쓰다듬듯 돌린다. 가끔 치기도 한다. 소리는 은은하면서도 아련하고 사람의 마음을 안으로 모은다. 여린 음이지만 울림이 크다. 음파에서 향기가 나는 듯하다. 어느 깊은 산사의 작은 연못에 핀 연꽃이 바람에 실어 보내는 향이 이럴까? 듣고 있으니 몸과 마음이 참으로 안일하다. 잔디밭에 주저앉지 못하고 엉거주춤하던 자세가 나도 모르게 엉덩이를 내려놓고 아주 편하게 앉아 있다. 연주자는 몸과 마음을 실어 상대방을 위한 연주를 한다. 마음을 움직이는 것은 결국 이것이구나.

아! 이제껏 내가 보낸 음은 오롯하지 못한 흔들린 마음소리였구나. '이 층을 향해 소리치거나 올라가서 알려야 하나?' 하는 불만을 표출한 것일 뿐이다. 스쳐 간 모든 악기에 내 마음의 불편을 실은 거다. 공기의 진동에 불과한 소리에 배려와 사랑이 담겨야 하는 것을. 힘이 너무 많이 들어가거나 빗맞히거나 한 손으로 힘껏 치니 부드럽고 그윽한 음색이 날 수 없지.

저 여인처럼 자신이 아닌 당신을 위한 연주를 한다면 작은 소리인들 듣지 못할까. 이해와 득실로 마음이 흔들리면 덜 익은 것이라고 하던데. 성숙하지 못한 마음으로 내는 소리가 어찌 아름다울 수 있겠는가. 악기 나무랄 게 아니고 '내 탓이요.' 해야 하는 것을. 공명을 위한 내 마음의 공간을 비워 두어야겠다. 당신을 위한 연주는 나를 위함이며 모두를 위한 것일 테니.

"땡 땡 땡" "땡 땡".

쪽파 송송, 기억 한 조각

햇볕이 따뜻하다. 이웃집 아주머니가 밭에서 푸성귀를 뽑고 있다. 지나가는 나를 손짓하며 부른다. 내일이 장날이라 장거리를 마련하는 모양이다. 평소에 상추며 시금치를 필요할 때 가져다 먹으라지만 힘들여 키우는 채소를 차마 손댈 수 없다. 손에 잡히는 대로 이것저것 뽑아 봉지에 담는다. 그것도 모자라는지 알맞게 자란 쪽파를 뽑아 봉지에 꽂아 준다.

"우리 집 영감이 잔파 송송 썰어 양념장 만들어 주면 참 맛있게 먹었는데."

혼잣말인 듯 작은 소리로 말한다. 끝말에 파문이 인다.

쪽파를 가리면서 그 집 아저씨를 떠올린다. 성실하고 아내 사랑이 지극한 아저씨가 일 년 전에 사고로 돌아가셨다. 몇 십 년을 살아오면서 쌓인 많은 기억 중에 하필이면 쪽파 송송 썰어 넣은 양념장을 좋아하시던 모습이 떠오르다니.

기억이란 참으로 사소한 것이 애틋하구나 싶다. 그날 식탁에 쪽파를 넣은 양념장과 김을 올렸다.

거실에 깊숙이 들어오는 햇볕을 벗 삼아 혼자 차를 마신다. 우리 부부는 서로에 대한 어떤 추억이 생각날까. 비실비실 웃으며 일인이역을 한다.

"어떤 모습이 기억날 것 같으냐고?"

"나는 당신이 새신랑일 때 사랑방에 새벽 군불 넣던 모습이 떠오를 것 같아요."

"당신은?"

"아마도 하얀 눈이 소복이 쌓인 처가 마당에서 모란도 병풍 치고 전통 혼례 치른 장면이 떠오르지 싶어."

많을 것 같은 이야기가 떠오르지 않는다. 좋은 일들, 궂은일들이 살면서 왜 없었으랴. 흔히 소설책 몇 권은 될 거라는 인생 역사 말이다.

살아오면서 토닥거렸던 일들이 어디로 스며들었을까. 질척거리는 웅덩이를 좋은 기억들이 치즈처럼 녹아 덮어 버렸을까. 기억이라는 것이 참 요상하다. 생각해 내려면 기억나지 않다가 느닷없이 나타나는 것일까? 잔파 송송 썰어 넣은 양념장처럼. 하찮은 기억 속에 진한 사랑이 담겨 있나 보다.

몇 십 년 동안 삼시 세끼 밥이 보약이라던 남편에게 획기적인 변화가 생겼다. 일주일에 두어 번 아침으로 빵을 먹으면 어떠냐고 묻는다. 이때다 싶어 두말하지 않고 좋은 생각이라고 맞장구쳤다. 편하게 살자고 시작했는데 한식보다 손이 더 많이 간다. 이것저것 갖추어야 할 재료가 생각보다 많다. 그래도 설거짓거리가 적어 아직은 진행 중이다.

어느 날 빵을 먹어 보자고 멋쩍게 말하던 그 표정이 우리의 잔파 송송으로 생각나려나? 혼자 낄낄거린다. 내 웃음소리에 햇살이 민망한지 비켜 앉는다.

사랑이 익어 가다

딸아이가 신혼살림을 차린 독일 함부르크다. 며칠 동안 딸과 사위가 출근한 집을 지키다가 용기를 내어 혼자 길을 나섰다. 어제는 서쪽으로, 오늘은 동쪽으로 가서 길을 익히고 풍경을 눈에 담았다. 행여 길을 잃을까 지나가는 길마다 주요한 건물 이름을 적어 가며 발맘발맘했다.

수로를 따라 천막을 치고 각자 가져온 다양한 물건을 펼쳐 놓은 벼룩시장이 펼쳐졌다. 한 바퀴 돌고 천천히 다시 기웃거리다 먼지를 뒤집어쓴 작은 맷돌을 발견했다. 발이 땅에 붙었다. 가슴이 방망이질하듯 뛰었다. 다가가서 요리조리 살피는 나를 보고 주인이 말을 걸었다. 어디서 왔느냐고 묻길래 한국이라 하니 서툰 영어로

"이츠 그레이트 믹스, 이츠 믹스."

어처구니를 돌리는 과한 몸짓을 해 보였다. 내가

"맷돌."

이라고 하자 입 모양을 보며

"매흐 도오르."

어설프게 따라 했다. 값을 묻지 않고 좋은 물건이라는 말
을 남기고 자리를 떴다.

시장에서 본 맷돌이 머리에서 떠나지 않고 맴돌았다. 다
음 장이 열릴 날을 기다리다 서둘러 집을 나섰다. 맷돌이
팔렸나 티 내지 않고 살펴보느라 가자미눈이 되었다. 맷돌
은 그대로 있었다. 멀찌감치 떨어져 맷돌과 눈인사를 나누
는데 주인이 다가와 이웃이 선물로 준 것이라고 말했다.

"이건 당신 물건이야."

마음으로는 이미 내 것이었지만 못 이기는 척하다 반값
으로 샀다. 덤으로 매판까지 얻었다.

배달은 할 수 없다는 말에 윗돌을 아파트에 들어다 놓고
선걸음으로 아랫돌과 y자로 생긴 매판을 가지러 갔다. 윗돌
은 성급한 마음에 무거운지도 모르고 옮겼다. 아랫돌을 옮
길 때는 팔에 힘이 빠져 머리에 이고 왔지만, 발걸음은 가벼
웠다.

며칠 동안 온 집 안에 파스 냄새를 폴폴거리며 볕바른 곳
에 앉아 땟국이 낀 아이 얼굴 씻기듯이 맷돌을 닦고 또 닦
았다. 윗돌과 아랫돌에 박힌 중쇠도 견고하고 아랫돌 바닥
은 분쇄하기 좋게 홈이 파여 있었다. 타국 생활을 할 것으

로 예측했을까? 어처구니는 나무가 아닌 쇠였다. 제 역할을 충실히 해낼 것 같아 마음이 놓였다.

친정집에는 맷돌이 두 개 있었다. 하나는 몸집이 작아 겨울에 방 안에서도 작업할 수 있어 좋았다. 다른 하나는 주로 남부 지방에서 사용하는 것으로 아랫돌에 오목한 전과 주둥이가 달려 있었다. 몸집이 커서 뒤란에 고정되어 있었다.

집성촌의 큰살림을 꾸렸던 할머니는 중쇠처럼 중심을 잡고 수십 년간 맷돌을 돌렸다. 맷돌은 많은 곡식을 부드러운 성정으로 거듭나게 했다. 콩을 갈아 두부를 만들고 모내기 철엔 들깨와 쌀을 갈아 깻국을 끓여 일꾼과 식솔들 배를 든든하게 해 주었다. 밥알을 삭히는 엿기름도 가루로 만들었다. 갖은 떡고물을 부드럽게 또는 거칠게 갈아 용도에 맞게 내놓았다. 그건 할머니의 책임감과 후덕한 심성에서 우러나는 사랑이었다.

마트에서 콩을 사다 불렸다. 마침 다음 날이 휴일이라 딸과 사위에게 맷돌 사용하는 방법을 가르쳐 주었다. 불린 콩을 넣고 돌리자 찰진 콩물이 흘렀다. 매판 위에 올린 맷돌에서 타고 내리는 콩물이 금방 짠 우유 같다며 사위는 돌리고 또 돌렸다. 천천히 힘 조절을 해야 부드럽게 갈린다고 알려 주었다.

곱게 간 콩물을 거즈에 받혀 냄비에 끓이자 고소한 냄새가 온 집 안을 떠돈다. 간수 대신에 진한 소금물을 끼얹자 서서히 어렸다. 그 모양이 신기한지 사위는 부엌을 떠나지 못했다. 순두부에 양념장을 곁들여 내놓았더니 엄지손가락을 세우며 벙글거렸다.

염려스러워 거듭 일렀다.

"곱게 갈려면 손잡이를 천천히 돌려야 해. 쓰고 나면 아랫돌과 윗돌을 분리하여 잘 씻어 말리고. 이물질이 끼면 다음 음식을 만들 때 냄새도 나고 부식되기 쉬워. 쇠붙이가 헐거워진다 싶으면 중쇠를 둘러싼 나무 틈에 꼬챙이를 넣어 단단히 고정해라. 옛날 어른들은 물푸레나무 조각을 끼워 넣었단다. 물푸레나무가 물에 강하거든.

맷돌의 중쇠와 손잡이를 사람의 몸과 마음에 비교하고 싶어. 어느 것 하나 중요하지 않은 게 없지. 네가 우리에게 소중한 딸이듯 알렉스 또한 소중하고 그를 낳은 부모 역시 귀중한 사람이란다. 무엇이든 서로 배려하고 존중하며 귀히 여겨라. 가까운 사이라도 믿음이 흔들리면 관계가 예전처럼 돌아가기가 쉽지 않다. 맷돌을 사용하며 행여 상대방에게 소홀한 점은 없는지 살펴보아라."

휴일이면 쉬어야지 싶어 다른 음식 만드는 법은 가르쳐 주지 않고 돌아왔다. 어느 날 딸이 동영상을 보냈다. 화면 속에 두부가 몽글 뭉글 엉긴 것이 뭉게구름 같건만 꽃이란

다. 딸에게 지도를 받았는지 사위가

"어머니임! 우리가 만든 순두부예요. 우리 마음 모아 서
로 양보하고 배려하며 맷돌을 천천히 돌려 만들었어요. 우
리 사랑도 이렇게 끊임없이 꽃피울 거예요. 어머니임, 걱
정하지 마세요."

천천히 보고 읽듯 말한다. 몇 번이나 돌려보며 웃다가 눈
물을 찔끔거리다가 또 보고 웃는다. 삶이란 사랑을 익히며
살아가는 게다.

애인이 생겼어요

무디고 여러모로 흐름에 뒤떨어진 사람이다. 어찌 된 세상인지 요즈음은 만나는 이성 친구 한 명 없으면 못난이라는 말이 항간에 떠돈다. 그러든가 말든가 능력도 관심도 없다. 한데 딸 집에 갔다 온 뒤로 앉으나 서나 눈에 삼삼거리는 대상이 생겼다.

무덥다. 습기 머금은 공기가 치덕치덕 몸을 휘감는다. 시내버스 환승을 기다리다 더위를 피해 근처 찻집에 갔다. 어중간한 시간대라 한갓지다. 주인과 나만 있다. 얼음을 띄운 커피잔도 더운지 땀을 송골송골 맺는다. 책을 꺼내어 커피를 홀짝이며 노닥거린다. 다음 버스 타면 되지 뭐. 일부러 여유까지 부려 본다.

그때 누군가가 내 시선을 끌어당긴다. 낮은 자리에서 묵묵히 자기 일을 처리하고 있는 그. 책은 펼쳐 놓고 눈길은 그의 뒤태를 따라다닌다. 걸음걸이도 점잖다. 뒤뚱거리지도 비척거리지도 않는다. 이따금 빙글빙글 돈다. 상대의 발을 밟지 않고 매끄럽게 스텝을 이끌 만한 실력이다. 마음에 쏙 드는 건 자신의 할 일을 조심스럽게 파악하고 꼼꼼하게 처리한다는 것이다. 적을 알면 백전백승이라지. 좁지 않은 매장을 깨끗이 정리하고 자기 자리로 돌아간다. 그 느긋하고 당당한 모습이라니.

무시로 흐뭇한 웃음을 흘리는 나를 보았는지 주인이 그의 성실함을 칭찬한다.

"그렇죠. 그럴 것 같네요."

맞장구를 친다. 주인이 다가와 조용히 속삭인다.

"외유내강."

부드러운 외모지만 속은 강철이란다. 뼈대 있는 가문인가 보다. 제자리에 앉아 있는 그에게서 눈을 떼지 못하고 유심히 살핀다. 위로 호리호리한 나와 다르게 그는 아래로 늘씬하다. 그렇다고 마냥 밋밋하여 매력이 덜하지도 않다. 적당한 무게에 군살 없이 다져진 몸매다. 대놓고 울룩불룩한 타입이 아니고 나올 땐 나오고 숨길 때는 숨겼다는 말이지. 예민하고 촉이 날카롭단다. 덜렁거리는 나를 보완해 줄 것 같아 더욱 마음이 끌린다.

무심결에 열려 있지도 않은 통유리 문을 나가려다 유리에 부딪쳐 광대뼈가 얼얼하다든지, 코를 부딪쳐 눈물을 쏙

빼는 일은 없을 것 같다. 마음이 바쁘다. 다른 사람과 인연을 맺기 전에 서둘러야 한다. 용기 있는 자 미남을 차지할지니! 가슴이 뛰고 다리가 후들거린다. 내 안에 나도 모르는 이런 보바리슴이 있었단 말인가?

무던한 마음이 변할까 봐. 첫눈에 반한 내 마음이 흔들릴까 봐. 놓칠세라 그와 팔짱을 끼고 집으로 왔다. 남편 앞에서 보란 듯이 애인을 소개하지 못하고 잠시 숨겼다. 살짝이 거실 가운데 모셔 두고 무엇을 좋아하는지, 어떻게 밀고 당기기를 해야 하는지 연구한다.

음, 누구나 배가 불러야 기분이 좋지. 거나하게 음식부터 대접해야 되겠군. 별다른 반찬은 필요하지 않고 즐겨 먹는 것만 주면 된단다. 아! 그것도 다음부터는 배고프면 알아서 챙겨 먹을 테니 신경 쓰지 마란다. 기특하다. 어쩜 삼시 세끼를 걱정하는 내 마음을 시원하게 해결해 주는지. 확실히 젊은 애인은 화통하다. 무임승차를 거부한다.

부산에 갔을 때다. 지하철 승차권 매표 투입구에 만 원 지폐를 넣었더니 돌아 나왔다. 나오면 다시 펴서 넣고, 또 나오면 엎어서 넣다가 옆 투입구에서 천 원 지폐 넣는 것을 보고 민망함에 혼났다. 시골 아낙티를 톡톡히 냈다. 그러다가 지하철을 공짜로 타고는, 이제야 세금 혜택 본다며 좋아하는 나와 수준이 다르다. 의사소통이 필요하면 여러 말

필요치 않고 살짝 건드려 주면 알아서 한다잖아. 하소연할 것 있으면 마음 놓고 하라네. 무슨 말이든 들어 주며 비밀은 철저히 지켜 준다고.

무던하고 때로는 산뜻한 애인이 생겼는데 축배를 들지 않을 수 없지. 한데 술은 한 모금도 못 한다니 술상을 차린 것이 무색하다. 뒤늦게 알게 된 남편은 마누라의 젊은 애인에게 질투가 나는지 잔을 들고

"사람 손이 최고다!"

학창 시절에 부르던 응원가 곡에 얹어 한참 시대에 뒤떨어진 건배사를 외치며 허허거린다. 초를 쳐도 유분수지. 목젖이 보이도록 웃으며 외치는 나의 건배사는

"아니야, 아니야, 애인이 최고야!"

로봇 청소기여! 우리는 안팎으로 무디고 무디다.

성숙의 계절에

여름은 성숙하는 계절이다. 몸이 자라고 마음이 더 넓어지고 깊어진다.

고랑에 앉아 부부가 한 구멍에 참깨 너덧 알씩 떨어뜨리는 작업을 며칠 동안 한다. 모순되게 모두 올라오면 솎아주고, 실패하거나 모자라면 또 뿌리고 하더니 어느새 꽃이 맺힌다. 윤이 나는 잎에서 고소한 참기름 냄새가 나는 듯하다. 아래로부터 오종종히 매달린 깨꽃이 하나하나 선한 등불을 켠다. 연분홍 꽃 색깔이나 모양새가 참 욕심 없어 보인다.

꽃이 지면 열매 맺히리라. 꼬투리가 한두 개 벌어지고 잎이 누릇해지면 손길이 바빠진다. 깻단을 묶는 부부는 그 수고로움마저 즐거울 것이다. 잘 말린 깻단을 거꾸로 들고 털면 양철 지붕에 소낙비 떨어지는 소리가 나겠지. 생각만 해도 시원하다. 내 것이 아닌데도 배부르고 입꼬리가 올라간다.

맞은편 밭에는 고구마 넌출과 잎이 이랑을 덮었다. 두둑에 외줄기 심은 것이 저리 덜퍽지다. 아래로 덩이덩이 달린 새끼에게 양분 나누어 주느라 허리가 접질렸을 거다. 거름 무더기 옆에서 샛노란 꽃을 피운 호박 넌출. 누가 맛집이라 소문을 냈나 보다. 벌써 벌들이 나든다. 실한 호박 키우려면 많이 벌어야 한다고 땡볕 아래 넓은 잎 쩍 벌려서 감사히 햇살을 받든다. 가던 걸음 멈추고 "수고 많으십니다." 공치사하고 말만으로 서운할까 봐 손을 쓰다듬는다. 고된 노동에 녹색 물 짙게 밴 거친 손이다.

햇살 쨍쨍한 나날 한동안 정의연과 위안부 할머니 기사가 신문을 장식하더니 인터넷에서는 공직자의 근무 태도와 기부한 물품이 부적절하게 쓰인다는 기사로 댓글난이 뜨겁다. 욱하는 성질에 매달 조금씩 보내던 기부금을 중단한다. 절 모르고 시주하는 격은 아닌지. 절약해서 보내는 쌀은 적절한 분들에게 잘 전달되는지. 어느 것이 잘하는 것인지 확신이 서지 않는다.

이참에 한번은 짚어 보아야겠다 싶어 선을 긋고 보니 참 용렬스럽다는 생각에 마음이 편치 않다. 정말 도움의 손길이 필요한 사람에게 전달되었다면 부끄러운 일 아닌가. 도움을 받아야 할 노인이 어려운 이웃을 위해 기부한 기사가 났다. 재벌가의 기부와 달리 독거노인이 정부 지원금으로 최저 생활을 하며 모은 돈을 쾌척한 경우는 오랫동안 마음에 큰 울림을 준다.

푸르청청하다. 나뭇잎은 다른 색은 다 흡수해 광합성을 하는 데 이용하면서 양이 많은 초록빛만 쓰지 않는다. 나뭇잎은 일종의 태양전지라서 소화할 수 없을 정도로 욕심을 부리면 과부하에 걸려 잎이 타 버린다. 넘치면 부족함만 못한 것이다. 우리는 잎이 버린 초록색을 보면서 힐링을 받는 셈이다.

광합성의 양과 나무가 소모하는 에너지의 양을 분석해 보니 10~20%에 해당하는 잎을 잉여로 만들고 있다고 한다. 자신에게 필요한 양보다 약간 더 광합성을 하여 애벌레에게 잎을 갉아 먹을 수 있게 한다니 놀랍다. 애벌레가 성장해서 나비와 나방이 되어 식물들의 꽃가루받이를 돕는다. 무더운 여름을 그냥 보내지 않는 헌걸찬 식물들을 보니 마음이 푼푼하다.

가진 것을 계속 늘리기만 하는 것이 아니고 가진 것을 베풀면서 균형을 유지하는 것은 식물에게서 배워야 할 지혜다. 앎과 실천에서의 괴리를 극복하지 못한 아낙이다. 꼭 필요한 사람들에게 전달되길 바랄 뿐 내 손에서 떠난 것에 대해 돌아보지 말자. 소화할 수 있는 만큼만 취하는 잎들을 보며 자신을 다독인다. 마음에 주름 잡히지 않게 저 소나기 같은 여름 햇살 속에 자주 설 일이다.

햇살이 있기에 바람이 고맙고 그늘을 반긴다. 근엄하게 굵어지는 깻대와 거름더미 곁에서도 잘 자라는 샛노란 호박꽃처럼 순일해지는 거다. 쓸데없는 걱정으로 마음 흔들리지 말고 받은 사랑보다 더 돌려주는 식물처럼 살아야겠다. 그것이 곱게 늙어 가는 최선의 삶이다. 유난히 무더울 거라는 올여름이 지나면 철이 좀 들거나.

여름은 성숙하는 계절이다.

내 손이 내 딸이지

누워서 손을 가만히 쳐다본다. 말 못 하는 손이지만 입으로 하는 말보다 많은 뜻을 품고 있다. 길쭉하고 야윈 손가락에 골이 진 손등. 이런 손을 옛 어른은 게으른 손이라 했다. 부지런하고 음식 솜씨가 좋은 친정어머니의 손을 닮아서 그 말에는 믿음이 가지 않는다. 이 손이 아니면 무엇 하나 내 입에 들어올 게 없다.

감기와 오래 씨름하다 입맛을 잃었다. 밥알이 입안에서 맴돈다. 어떻게 하면 입맛을 되찾을 수 있을까 궁리하다 갑자기 장엇국 생각이 났다. 사 먹으러 시내까지 가는 것보다 내 손으로 끓여 먹는 게 빠르지. 마침 시골 장날이라 생선 장수가 전을 펼치는데 장어부터 달라고 했다.

큰 솥에 장어를 올려놓고 밭으로 갔다. 먹고 싶은 간절함에 불뚝 힘이 생겼나 보다. 약 오른 고추를 따고, 싱싱한 대파를 쑥 뽑는다. 방아와 부추를 베어 오니 솥 안의 장어는 제 살을 내어 준다. 갖은 채소를 넣고 기다리는데 구수하고 달보드레한 냄새가 난다. 침이 넘어간다. 양념과 방아 잎을 넣고 제피가루를 친다.

얼른 한 그릇 떠서 잘 익은 김장김치와 갓김치 한 보시기 곁에 두고 뜨거운 국물을 한 술 떠넘긴다. 깊은 맛이 입안에서 혀를 타고 올라온다. 장어의 구수함과 갖은 채소의 들척지근함이 어우러진 맛이다. 그 단맛은 한 가지에서 나는 진한 맛이 아니다. 조금씩 양보하고 조심스럽게 어울려 입맛을 돋우는 순한 맛이다. 숟가락이 넘치도록 야채 건더기를 올려 입속에 몰아넣으니 혀와 입천장과 목구멍이 순하게 열린다. 등에서 땀이 난다. 허리가 쭉 펴진다.

"그래, 내 손이 내 딸이지."

은연중에 뱉은 말이다. 음식 솜씨, 맵시, 마음씨가 곱다고 소문난 손끝이 야물던 어머니가 자주 하시던 말씀이다. 순간 명치가 묵직하다. 그 묵직함이 나를 학창 시절로 이끈다. 채 아물지 않은 상처는 가슴을 헤집고 다니는 모양이다.

서툰 농촌 일에 지쳐 입맛을 잃은 어머니가 쑥떡이 먹고 싶다고 하셨다. 쑥을 뜯어 절구에 넣어 찧는데 공이가 자꾸 헛돌았다. 진한 쑥 향기에도 마음은 딴 곳에 있었다. 막차를 놓치기 전에 가야 하는데. 내일 첫차를 타도 첫 시간 시험은 지각이다. 불린 쌀을 찧다가 그만두고 다음 주말에 오겠다는 말과 함께 교복을 입고 냅다 뛰었다. 꼬불꼬불한 논두렁에서 미끄러지지 않으려고 발끝이 얼얼하도록 힘을 주고 들판을 달렸다.

다행히 막차를 놓치지 않았지만 풀 먹인 빳빳한 셔츠 깃은 내려앉았고 허리가 넉넉했던 플레어스커트는 앞뒤가 바뀔 만큼 돌아갔다. 검정 운동화와 흰 양말은 쌀겨에서 나온 쥐 같았다. 버스를 놓치지 않았다는 안도감도 잠시였다. 딸이 오기를 한 달을 기다렸을 것이다. 딸이면서도 어머니 손처럼 입맛에 맞는 쑥떡을 만들어 드리지 못한 죄송함으로 날카로운 무엇이 가슴을 긋고 지나가듯 찌르르했다.

그때의 회한으로 지금도 쑥떡을 만들지 못하고 헤매는 꿈을 꾼다. 모자람이 어찌 그뿐이었으랴. 한 부모는 열 자식을 거느려도 열 자식은 한 부모를 모시지 못한다는 말이 나를 두고 한 말이다. 큰 자식들은 객지에서 각자의 일을 하고 이따금 와서 들여다보는 일이 전부였다. 참 미련한 여식은 부모님이 영원히 곁에 계실 줄 알았다. 부모 되어 돌아보니 내 부모님의 그 무량한 주머니를 탈탈 털어 쓰기만 한 철부지였던 것을. 후회는 항상 뒤늦게 따라오는 모양이다.

유치원 아이들과 눈을 맞추어 가며 무릎 교육을 한다. 지극한 효심을 가진 효자·효녀의 이야기를 들려줄 때마다 마음이 찡하다. 어머니에게 따뜻한 음식을 가져다드리기 위해 음식 주머니를 만든 조선 시대 선비 권시중 이야기를 할 때는 눈시울이 붉어진다. 편찮으신 아버지의 약을 구하려고 길을 떠난 심공제 앞에 나타난 호랑이를 크게 꾸짖어 물리친 효자 이야기를 들려줄 때도 가슴이 먹먹하다. 하여 더욱 정성 들여 이야기를 들려준다.

지금은 고아다. 부모님께 다 하지 못한 효의 빈자리를 채우기 위해 어디서든, 누구든, 도움을 청하면 손을 잡는다. 내 손이 내 마음과 같이 움직일 수 있을 때 자신을 위한 계발이든 남을 위한 봉사든 다양한 활동을 하려고 애쓴다.

가까운 곳에 자식을 위해 만만치 않은 삶을 살아 내고도 외로운 노후를 보내는 어르신들이 많다. 모자라지만 그들의 손 같은 딸이 되려고 이야기 나누기 봉사 활동을 하러 간다. 순일한 마음으로 각시라고 부르는 어르신들의 손을 맞잡고 도란도란 이야기를 나눈다. 가만히 서로의 손을 쓰다듬는다.

돌아올 때 마음이 더 무겁다

딸이 함께한 효도 관광이다. 딸은 눈을, 엄마는 온천욕을 좋아한다. 먼 곳은 여행 다니면서 가까운 일본을 거부하는 엄마를 위한 선택이다. 온통 눈이 쌓인 길을 걷고, 하얗게 덮인 도로를 달린다. 눈이 내리자마자 녹는 호수에서 물길을 가르며 배를 탄다. 눈이 소복이 쌓인 지붕을 내려다보며 로프웨이를 타고 도시의 아름다운 야경을 감상하면서도 쉽게 마음이 열리지 않는다.

온천으로 유명한 곳이다. 나트륨, 유산 염천, 염화물 성분이 있어 피로 해소에 좋단다. 이른 시간이라 고즈넉하다. 소리 없이 밖에는 눈이 내리고 탕에서는 온천물이 찰랑거린다. 어제는 남탕이었다가 오늘은 여탕이다. 좀 이상하지만, 일본의 전통이란다. 독탕을 즐기며 이런저런 생각에 잠긴다. 왁자하게 떠들며 들어온 중국인 가족이 몸을 씻지도 않고 탕에 발을 담근다. 평소와는 달리 모른 채 그들을 두고 노천탕으로 나갔다. 정신이 번쩍 난다. 물속은 따뜻하고 바깥은 삽상하다. 날리는 눈발이 탕까지 들어온다.

눈은 어디라도 내린다. 이미 쌓인 바닥이든 고목이든 작은 나무든 바위든. 떨어지자마자 흔적 없이 사라지는 물 위에 나붓이 내리다가 순간 바람과 한 몸이 되어 거꾸로 치솟기도 한다. 가로 비껴 날리는 눈이 마치 베틀 위에 씨줄이 오가는 것 같다. 자연은 날리면 날리는 대로 쌓이면 쌓이는 대로 녹으면 녹는 대로 마음을 두지 않는다. 이방인인 나는 그렇지 않다. 그대로 받아들여지지 않는다. 하얗게 눈 덮인, 탄성이 저절로 나오는 저 풍경 뒤에는 무엇이 숨어 있을까? 괜히 나무둥치를 툭 차 보다가 나뭇가지를 흔들어 눈을 흩날린다.

물건 하나에도 저절로 손이 가도록 곱게 포장해 두고 관광객을 부른다. 오르골 상점에서도 뒷짐을 지고 눈으로만 살핀다. '저 정도의 상품은 우리나라에도 많아.' 국익을 위해서는 적과 손잡고 자존심을 접는 게 국제정치의 본질이라고 한다. 과거사에 발목이 잡히면 미래로 나아갈 수 없다고들 한다. 하지만 잘못된 일에 부끄러워할 줄 알고, 불의한 일에 분노할 줄 알아야 한다. 혹 몸가짐에 잘못은 없었는지 두려워하고, 마음자리에 허튼 구석은 없었는지 뉘우치는 마음을 지녀야 사람의 바탕이 닦인다고 하지 않던가.

한 개인으로 과거사 반성에 너무나 인색한 일본에 마음을 열 수가 없다. 그러다가 힘없는 백성을 지키지 못한 권력층에 대한 원망도 커진다. 예나 지금이나 도덕이 아니라 힘이 지배하는 국제사회에서는 나라의 힘을 키우는 것이 진정한 애국이다. 반성하고 바뀌지 않으면 더 당할 수 있다는 생각에 여행 갈 때보다 돌아올 때 마음이 더 무겁다.

〈눈길〉이 생각나고 〈귀향〉에서 고향을 찾아 산 넘고 물 건너 날아오는 노랑나비의 환영이 아직도 마음속에 자리 잡고 있다. 〈아이 캔 스피크〉를 관람하면서 흘린 눈물이 마르려면 더 많은 시간이 지나야 할 게다. 일천구백사십이 년, 여자들은 큰 방앗간 앞으로 다 모이라는 동네 방송을 듣고 나갔다가 일본군에 의해 중국 위안소로 끌려갔다는 안점순 할머니. 열네 살 어린 나이였다. 태평양 전쟁이 끝나고 안 할머니는 밤낮으로 걸어 일천구백사십육 년에 고향으로 돌아왔다.

먼 길을 돌아 죄인 아닌 죄인으로 숨죽여 살아오다가 일본의 진실한 사과를 받으려고 평화 인권 활동가로 자신의 피해를 증언했다지. 힘든 일을 한 안 할머니의 소원인 일본의 진심 어린 사과는 언제쯤 위안부 피해자의 가슴에 봄비가 되어 촉촉이 적셔 줄까. 진정성 없는 사과는 용서하기 쉽지 않다. 그들의 처신을 보면 못마땅하고 탓하는 마음이 오래갈 것 같다. 고령인 할머니들이 세상을 떠나기 전에 좋은 소식이 당도하면 좋겠다.

2부

던짐줄

*

기쁜 일이나 마음 아픈 일이 있으면

어머니의 산소보다는 바다를 찾는다.

당신 삶의 철학이 생성된 바다는 웅숭깊다.

잔잔한 파도에 손을 담그면 몸과 마음이 평온해진다.

손가락 사이로 빠져나가는 모래 속에

그리움을 실어 보낸다.

별똥별 같은 던짐줄이 어른거린다.

던짐줄

"휘이익!"

어둠 속을 뚫고 던짐줄이 날아간다. 해무를 가르며 떨어지는 물체가 별똥별 같다. 부두에서 대기하고 있던 선원이 재빠르게 반사체 옷을 입은 줄을 찾아 잡아당긴다. 가는 줄 끝에 묶여 있는 굵은 홋줄의 모습이 드러난다. 네댓 사람이 매달려 무거운 줄을 당겨 비트에 건다.

선박이 쉴 수 있는 품이 부두다. 거친 바다에서 돌아온 선박을 부두에서 안전하게 쉴 수 있도록 연결하는 것이 홋줄이다. 무거운 홋줄을 쉽게 정박지로 내보내기 위한 것이 바로 던짐줄이다. 줄을 정확한 위치에 잘 던지는 것도 오랜 연습 끝에 이루어진다. 그것을 빨리 찾아 잡을 수 있느냐에 따라 빠른 접안이 결정된다. 그렇지 않을 때는 기상 악화 등의 상황에서 선체가 손상될 수 있다.

날렵한 던짐줄을 보면 친정어머니 생각이 난다. 어머니

택호는 중평댁이다. 다랑이논을 낀 바닷가 마을에서 산촌으로 시집온 날, 집안 어른이 지어 주셨다. 작은집 할머니는 여위지만 다소곳이 앉아 있는 모습이 몽돌처럼 야무져 보였다고 자주 말씀하셨다. 집안 어른들이 새색시 대면한다며 방문을 열 때마다 일어서서 허리를 굽히는 모습이 얌전히 굴러오는 파도 같았다나. 어촌과 산촌의 괴리감보다는 생소함을 마냥 신기해하던 참한 새댁이었다고 옛이야기하듯이 들려주셨다.

몸이 약해서 큰 집 살림을 맡을 수 있을까 하는 걱정이 앞서기도 했단다. 덧붙이는 말씀이 너는 나이를 먹을수록 네 어미를 똑 닮았다고 하셨다. 고기보다는 생선을 좋아했으며 푸성귀보다는 해초를 즐겼다.

"바다는 저 들판보다 더 많은 먹을거리를 내놓아. 얼마나 부지런히 일하느냐에 달렸어."

한량없는 양식을 제공하는 바다를 들먹일 때는 까만 눈동자가 더 초롱초롱했다. 삶을 연명할 수 있는 양식만큼 더 중요한 것이 무엇이었으랴.

중평댁은 풍파를 겪으며 세월과 함께 산촌 아낙으로 여물어 갔다. 호리호리한 겉모습과는 달리 강단이 있었기에 중평 양반과 뜻을 맞추어 큰 집 살림을 꾸려 나갔다. 많은 기일 챙기랴. 가난한 살림에 무엇 하나 쉽지 않았으리. 해가 수평선을 넘어가고 사위가 어둠에 갇히면 등댓불이 칠흑 같은 바닷길을 열어 준다는 믿음으로 헤쳐 나갔다. 쪽빛 천을 펼쳐 놓은 듯 잔잔한 바다 아래에도 커다란 해류가 흐른다는 것을 알고 있기에 덮치는 해일을 품었다.

몸을 돌보지 않는 성품인지라 중평댁은 좋은 일, 궂은일마다 않고 언제나 앞장서 사람들의 마음을 어루만졌다. 옆에서 지켜보던 가족들의 쓴소리에도 베풀 수 있음을 감사했다. 사는 동안 아랫사람이나 윗사람을 대하는 푸근한 미소와 마음 씀은 항해를 마친 크고 작은 배가 쉽게 접안하여 편안하게 쉴 수 있는 여건을 만드는 던짐줄이었다. 어머니는 한 집안을 이끄는 며느리로 사십여 년의 세월을 다지다 이승의 옷을 벗었다.

어머니를 그리워하며 바다를 향하여 목을 길게 빼고 살았다. 오랜만에 왔다. 어머니의 안태고향이다. 바닷물에 손을 담근다. 찰방찰방 들어왔다 밀려가는 파도는 내 손을 가만히 가두었다가 드러낸다. 물속에서 어룽거리는 손이 어머니 손을 닮았다. 살이 없는 손등에 길쭉한 손가락.

"내 새끼 왔구나."

하면서 토닥거리는 것 같다. 손가락의 통증도 아린 마음도 옅어진다.

"누구에게든 희망을 줄 수 있는 사람이 되어야 한다."

하시던 당신 삶의 철학은 모두 바다에서 생성되었을 게다.

어느덧 할머니가 되어 유소년들과 무릎을 맞대고 눈을 맞추어 가며 선현 미담을 들려주는 '아름다운 이야기 할머니' 활동을 한다. 핵가족화로 인해 단절되어 가는 조손 세대의 문화를 소통시키고 민족문화의 정체성을 높이고자 국학진흥원에서 지원하는 사업이다. 아이들의 가슴에 작은 등대 하나 심어 주고 싶어 무더위에도 태풍주의보가 내려도 길을 나선다.

기쁜 일이나 마음 아픈 일이 있으면 어머니의 산소보다는 바다를 찾는다. 당신 삶의 철학이 생성된 바다는 웅숭깊다. 잔잔한 파도에 손을 담그면 몸과 마음이 평온해진다. 손가락 사이로 빠져나가는 모래 속에 그리움을 실어 보낸다. 별똥별 같은 던짐줄이 어른거린다.

어떤 선물

'코로나 19'로 오래 발이 묶였다. 다행히 거리 두기가 완화되어 친구들을 조심스레 만난다. 몇 달 만에 만난 친구들이 마스크를 한 채 입담이 무르익는다. 모임 이름은 교화를 딴 '목련회'다.

한데 친구 남편이 지어 준 다른 이름도 있다. '맹물'이다. 식사하고 나면 바로 헤어진다고 싱겁다는 뜻이다. 젊었을 때는 직장에 매이고 아이들 챙기다 보니 서로 시간 여유가 없었다. 그 모임 이름이 이제 '명물'이 되었다. 일선에서 물러나 저마다 소질을 계발하며 재능 기부를 하거나 여러 가지 봉사 활동을 한다.

올해 칠순을 맞은 한 친구가 기념으로 달력을 만들었다며 조심스럽게 내민다. 그동안 그려 온 민화로 만든 것이다. 어떤 선물이 이보다 더 좋을쏜가. 작품을 시작하여 끝날 때까지의 노고를 생각하니 그저 받기가 미안하다. 오랜 시간 끈기 있게 연습하여 좋은 작품으로 내놓을 수 있는 친구가 부럽고 한편으로는 부끄럽다. 다친 다리를 치료하면서도 붓을 놓지 않은 끈기를 우러른다.

한 해를 시작하는 첫 장에 일월오봉도가 나온다. 한 장 한 장 넘길수록 친구의 웅숭깊은 마음이 느껴진다. 그림 언어로 삶을 어떻게 살아야 하는지 말한다. 친구는 우리에게 자신의 기원을 삼백육십오 일 같이하길 바라며 달력을 주었을 거다. 누구나 볼 수 있게 거실에 건다. 행여 빠트릴세라 한 장 한 장 넘기며 아이처럼 소리 내어 말한다. 일월오봉도, 목련, 송학도, 화조도, 모란도, 파초도, 연화도, 책가도, 봉황도, 장생도, 여덟 폭 병풍 화훼도. 이 모두가 내 집 거실에 있으니 가슴이 벅차다.

두 번째 장에는 목련 실한 가지에 고양이가 편안한 자세로 쉬고 있다. 화창한 봄날 만개한 목련꽃 그늘에서 여유로움을 즐기는 고양이는 근심 걱정이 무엇인지 모르는 것 같다. 순백의 목련을 그린 바탕 색상은 여고 시절의 꿈이 피어나는 듯 아련하다. 루비 색상에 보라색을 한 방울 떨어뜨렸을까? 오묘하다. 어느덧 희수를 맞은 친구들의 장수와 무탈을 그림 속에 담았나 보다.

파초도는 장수와 기사회생을 의미한다지. 오방색으로 채색하여 오래 살고, 부자 되고, 건강하고, 부족함 없이 이웃에 봉사하고, 편안하고 깨끗한 죽음을 맞이하자는 염원까지 담았다. 보기만 해도 여름날 소나기 내린 듯 몸과 마음이 가뿐하다. 기운이 난다.

책가도는 또 어떤가? 책가가 없는 책거리다. 책과 문방사우, 기물과 심지어 과물과 화초도 다양한 시각으로 자연스럽게 담았다. 어느 하나 똑같은 것 없는 책 쌓임이나 기물의 배치도 정치하다. 급제와 다산과 복을 누리며 오래 살기를 기리는 수복의 상징성을 내포한단다. 그동안 이렇게 좋은 작품들을 가까이하지 못하고 살았다니. 이제라도 친구 덕분에 늦복이 한가득 안기겠다.

십일월의 장생도는 한 달을 남겨 두고 한 해를 차분히 마무리하라는 뜻일까? 그림 앞에서 조급하던 마음이 넉넉해진다. 행복하게 오래 살기를 바라는 마음을 자연과 동식물에 비유하여 상징적으로 그린 그림이다. 원하는 형태와 색상을 갖추기까지 얼마나 많은 붓을 놀렸을까. 생동감 있게 그린 물체에 깃든 정성이 깊이 느껴진다. 손자와 같이 앉아 숨은그림찾기라도 해 볼 참이다. 동식물에 담긴 뜻을 찾아보면 자연스럽게 민화 감상하는 법도 알게 될 거다.

감상할수록 민화는 지난 시간의 유물이기보다는 시대를 뛰어넘어 살아 있는 현재 진행형의 그림이고 삶임을 느낀다. 세상 이야기가 담겨 있는 맛깔스러운 한편의 단편소설

같다. 한 해만 감상할 게 아니라 그림 아래 날짜 판만 바꾸면 여러 해 동안 행복할 것 같다.

어렸을 때 업고 가던 나를 내려놓고 할머니는 마을 정자나무 앞에서 두 손 모아 허리를 굽히며 중얼거렸다. "할머니! 무얼 한 거야?" "너희들이 무럭무럭 잘 자라게 해 달라고 빌었어." 할머니는 언제나 가족들의 무탈과 장수를 염원했다.

음력 이월이면 어머니는 바람을 올린다며 부엌에서 소지를 태우고 손을 모았다. 입속말로 가족의 이름을 정성스럽게 부르며 무언가를 한참 읊었다. 잊고 있었다. 많은 이의 바람과 기원으로 지금의 내가 있는 것을. 마음가짐, 몸가짐이 조심스러워진다.

가는 세월이 너무 빨라 달력 넘기기가 두려웠는데 이제는 기다려질 거다. 다달이 부귀영화, 강녕, 화목, 장수, 출세를 바라는 축원이 깃들어 있으니. 친구를 위해 길상吉祥을 축원하는데 어찌 허술하게 살리요. 예로부터 우리 민족은 인간관계의 행동 규범으로 절도를 지키는 '예', 자기를 내세우지 않는 '의', 자기의 잘못을 감싸거나 숨기지 않는 '염', 악행에 동참하지 않는 '치', '예의염치禮義廉恥'를 중시해 왔다.

친구의 마음에 보답하는 길은 예의염치를 지키며 건강하

게 늙어 가는 것이다. 그리하여 훗날 '명물회' 이름값에 갈음했다고 서로의 등을 토닥이며 "우리 모두 잘 살아 냈지? 잘 견뎌 냈어." 말할 수 있으면 좋겠다.

걱정 대신 염원을 심다

시골로 이사 온 첫해는 시간을 제대로 관리하기 위해 승용차로 다녔다. 그러나 날이 갈수록 시골에 정착하려면 시내버스를 이용해야 한다고 마음을 다잡았다. 때때로 실천하는 자신에게 엄지를 세워 주면서 칭찬했다.

처음에는 버스 안의 무례한 소음이 짜증스러웠다. 시간이 지나자 그곳은 삶의 지혜를 열람하는 공간으로 바뀠다. 너무나 평이해서 무심코 지나쳤던 일상의 일들이 날개를 달고 날아다닌다. 작황, 농산물 유통 과정, 시세, 새벽 시장에 내다 판 채소의 종류까지 나열된다. 물건을 팔고 사면서 일어난 일들을 꾸미지 않은 입담으로 쏟아 내느라 왁자하다. 덤으로 씨 뿌리고 거두는 시기와 때때로 저공해 농약 처방까지 얻게 된다.

혼자 다니기도 수월치 않을 것 같은 몸으로 새벽 시장에서 푸성귀를 팔고 오는 노인이다. 고개가 상모돌리기를 한다. 뒤로 젖혀졌다가 제자리에 돌아온 건 한순간이고 옆으로 기울어졌다가 다시 앞으로 수그러진다. 입을 벌리고 자다가 제풀에 놀란다. 저러다 내릴 곳에서 제대로 내릴 수나 있겠나 싶어 손에 사탕을 쥐어 주며 깨운다. 부스럭거리며 사탕을 얼른 입에 넣고 잠을 떨친다. 그제야 날 보며 웃는다. 웃는 얼굴에 아코디언 바람통 같은 주름이 선다.

몇 번 버스 안에서 만났다고 자신의 이야기를 풀어놓는다. 전날 밤에 다듬은 채소를 새벽 시장에서 팔고 이제 돌아오는 거란다. 버스 시간이 여유 있으면 죽 한 그릇이라도 요기하지만 그렇지 않으면 굶고 바로 차를 타야 한다. 노인이 사는 마을로 들어가는 버스는 뜸하기 때문이다. 맛있게 사탕을 입안에서 굴린다. 혼자 사는데 정말 못 먹고 살아 행상을 하는 건 아니라고 한다. 지금 멈추면 자리에서 일어나지 못하고 주저앉을 것 같아 매일 새벽 시장으로 달려간단다. 하루 나가면 사오만 원 정도 번단다. 이것이 자신을 받쳐 주는 힘이라며 반반하게 펴서 접은 돈을 주머니에서 내보인다.

"나는 부처님도 하느님도 믿지 않아. 내 주머니에 든 이 돈을 믿지. 조금씩 모은 돈, 방학 때 손자가 일 도와주러 오면 학비에 보태 쓰라고 주지. 또 사느라 허덕이는 며느리 손에 쥐여 주고 다독거려. 빈손으로 객지에 나가 고생하는 자식에게 걱정보다는 잘될 거라는 기운을 전하는 게지. 손에서 손으로 전해지는 따뜻한 기운이 좋아. 난 그 재미로 돈을 모아. 이렇게 움직일 수 있는 나는 복 많은 노인네야."

노인의 거무스름한 얼굴에 빛이 난다.

자전거 타기도 즐긴다. 앞으로 나아가며 맞는 바람이 좋다. 약간 비탈진 곳을 힘들게 오르다가 숨을 고른다. 모롱이에 좁고 긴 다랑이 밭이 있다. 밭 임자를 이사 온 그다음 해 봄에 만났으니 팔 년 전이다. 그때나 지금이나 노인은 별 변화가 없는데 나만 세월의 흔적을 남긴 것 같다. 굽은 허리에 고랑을 따라 궁둥이를 붙이고 끌고 다니는 품새가 팔 년 전과 똑같다.

비가 올 듯하여 고구마 순을 심는다는데 언제 끝이 날지 모르겠다. 검은 비닐을 씌운 구불구불한 두둑에 쇠꼬챙이를 비스듬히 찌르고 빼낸 뒤 고구마 순을 밀어 넣고 누른다. 내가 노인의 손에 든 꼬챙이를 받아 시키는 대로 남은 두둑에 고구마 순을 다 넣을 때까지 그 자리에 앉아 감독한다.

일을 끝내고 고랑에서 유모차가 있는 곳까지 부축해 드리자 입을 연다. 집에 있는 아아가 고구마를 좋아한다고. 내가 알기로 그 아아는 육십을 바라본다.

"아아는 집안일을 잘해. 밥하고 세탁기 돌리고. 나는 바깥일을 잘하고."

휠체어에 의지해야만 움직일 수 있는 아들이고 어머니는 궁둥이를 밭고랑에 끌고 다니며 일을 하는데 아들은 집안일을 잘하고 노인은 바깥일을 잘한단다.

"해마다 고구마 순을 심으며 내가 죽으면 거둘 사람 없는 울 아들과 오래오래 살다가 같은 날 한시에 묻히게 해 달라고 빌어."

그렇구나. 하루하루가 힘들지만, 그 염원이 노인의 삶을 앞으로 나아가게 하는 힘이구나. 노인의 뒷모습을 배웅하고 갈 길을 간다. 어느새 골짜기에 있던 이내가 마을을 거쳐 강까지 내려왔다. 영천강 보 위에서 먹이 사냥을 위해 꼼짝 않고 가는 다리로 버티고 있는 왜가리. 깡마른 노인의 모습인지 왜가리인지 흐릿하다.

내 곁에는 많은 스승이 있다. 모임에서, 버스 안에서, 밭고랑에서, 영천강 가녘에서도 만난다. 걱정 대신 염원을 심는 진솔한 삶의 선지자를 둔 나는 복이 많다. 힘차게 페달을 밟고 앞으로 나아간다.

아름다운 주름

현관을 들어서다가 신발장에 달린 큰 거울을 본다. 얼굴 곳곳에 날 선 주름이 '나 여기 있소' 하며 드러난다. 멋쩍게 웃으며 나를 안다는 그녀의 모습을 가만히 떠올린다. 내 모습이 옛날 그대로란다. 미루어 짐작건대 나의 분칠 덕이거나 그녀도 노안이 심한지 모른다. 마음이 엎치락뒤치락한다.

대화를 하면 상대방의 눈을 마주 본다. 눈초리에서 웃음이 살짝 번지는 풀뿌리 같은 주름은 눈길을 끈다. 가는 붓으로 그린 듯한 눈주름은 보는 사람의 마음을 설레게 한다. 평소에 동경하는 지인들의 순하게 끝을 감춘 주름을 보면 '저이는 내면세계도 현실의 벽도 잘 다스리나 보다.' 부러워하며 나도 그렇게 늙기를 바란다.

주름이라면 내 둘째 시누이의 봉긋이 피어나는 패랭이꽃 같은 입가의 잔주름이 떠오른다. 자세히 보면 해변에 고요히 차례대로 밀려오는 파도 같다. 약간 떨리는 것 같은 주름 속에는 소박한 밥상 앞에서도 어떤 음식이든 달게 먹는 마음이 배어 있다. 예고 없는 방문에 갑자기 차린 밥상인데 무슨 반찬이 거룩할까마는

"잘 먹었다, 어째 이리 간이 맞노? 그러잖아도 해물탕이 먹고 싶었는데."

항상 긍정적인 말로 주위를 편안하게 하고 고맙다는 말을 달고 산다. 여든이 가까운 시누이의 입가에 새겨진 주름은 일이 힘들수록 접시꽃을 활짝 피운다.

"휴우, 지금 내리막길이라고 주저앉는 걸 보니 다 왔구먼. 이제 평지 걸을 일만 남았네. 쪼금만 참자이."

뒷산 황토밭에서 캔 고구마를 이고 오다 중턱에 앉아 쉬면서 떨리는 입술로 이래도 고맙고 저래도 감사하다는 꽃을 피워 낸다. 그 꽃은 농사일이라고는 모르는 남편을 만난 아낙의 숨비 소리다. 촌부의 고단한 생활을 풍성한 삶으로 바꾸는 한 호흡이다. 힘에 겨운 노동으로 굽은 허리를 서너 걸음 걷다가 펴고 대여섯 걸음 걷다가 쉬면서도 몇 년째 주부대학을 다녔다. 사람은 늙어도 배워야 한다며 지금은 노인대학을 다니고 있다.

오는 늙음을 막을 수 없듯이 주름도 피하기는 어렵다. 고운 주름은 마음을 잘 다스려 성냄보다는 자꾸 웃는 쪽으로 기울어 더 많은 웃음꽃을 피워 낸 사람의 몫일 게다. 부정

보다는 긍정으로 나아가자. 허방을 딛고 비틀거리더라도
다그치지 말고 고요한 가운데 자신을 지키며 덜어 내기에
힘쓰자. 그러다 보면 더러는 손뼉 치는 날도 있으리라.

경건한 손

노인이 밭고랑에 앉아서 일한다. 도우려는 마음에 다가가서 앉으니 해 본 사람이 하지 아무나 못 한다며 손을 잡는다. 둔탁한 무언가에 갇힌 느낌이다. 손을 빼며 노인의 손을 보았다. 손가락은 쭉 곧은 것이 없고 마디마다 이쪽저쪽으로 뒤틀어져 있다.

여든 나이에 일어나서 몸을 뉠 때까지 손을 놀리지 않는다. 철마다 기르는 농작물에 따라 정도의 차이는 있지만 거의 밭에서 산다. 시금치 수확이 끝나는가 하면 어느 날부터 쪽파가 꼬마 병정처럼 열병식을 한다. 두어 번 담은 파김치가 우리 집 식탁에 오르다가 곰삭기도 전에 상추가 여린 싹을 틔운다. 이들이들하게 자란 상추가 반 두둑씩 자취를 감춘다. 한 두둑이 비면 고구마 순이 뒤를 이어 자리를 잡는다. 축 늘어진 고구마 순이 땅내를 맡고 식구를 늘린다. 밭 아래 있는 논에 모내기한다. 뿌리를 내린 벼 포기가 몸집을 불리면 고구마 줄기가 이랑을 덮을 만큼 뻗어 나간다.

가만히 앉아 있어도 땀이 등줄기를 타고 흐르는 한여름이다. 노인이 무더위에 고구마 줄기를 따고 있다. 묵언 정진 중이다. 이따금 스쳐 가는 바람 앞에 한 번씩 고개를 들 뿐이다. 고요의 뜰에 들기 위해 자연 속에 잠기는 승려의 모습 같다.

한데 손의 움직임을 보면 자신 안에 내재한 갈등을 몰아내기 위한 육박전을 벌이는 것 같다. 한 두둑을 잡아 잔뿌리 내린 큰 줄기를 쭉 당긴다. 맨 끝에 달린 여린 순만 남겨 두고 잎 달린 줄기를 모조리 딴다. 어찌나 손이 빠른지 소리보다 동작이 앞선다. 한 움큼씩 모인 것이 어느새 무더기로 쌓이면 그늘로 옮긴다. 늦은 밤까지 단으로 묶어 다음 날 새벽 장에 팔러 간다. 거들고 싶어 가 보지만 도움은 못 주고 고구마 줄기만 얻어 오게 된다.

열사병을 주의하라는 보도가 연일 나온다. 노인이 고구마밭 고랑에 앉아 있다. 감나무 그늘에서 작업한다지만 해가 동선에 맞추어 이동하는 것은 아니다. 무엇이 저리도 일에 얽매이게 할까 궁금하다. 쉴 참에 마늘 다발 짓는 일을 거들어 주며 서로 사는 이야기를 풀어놓았다.

"젊었을 때 일굴 땅이 없어 아이들 입에 풀칠도 못 했어. 굶기도 많이 굶었지. 지금은 손만 움직이면 먹을 게 생기는

데 왜 손을 놀려. 그 가난 때문에 자식 하나 잃었어. 언젠가는 내 품에 돌아올 거라는 믿음에 대문은 있어도 담벼락이 없어."

누구나 한 가지쯤 마음을 괴롭히는 두려움이 있다. 노인에게 일이란 두려움을 이겨 내기 위한 몰입인지도 모른다. 확실한 건 움직일 수 있을 때 열심히 일해야 한다는 일념이다. 손이 북두갈고리가 되도록 몸을 아끼지 않고 일하는 그녀가 오래전에 들려준 이야기다.

"옛날에는 잘난 사람같이 내가 아닌 그들처럼 살면 나도 편해질 거라고 믿었어. 한데 그게 아니었어. 배운 게 일인데 내가 일 안 하고 뭐 하겠어. 남들처럼 해 봤자 황새를 따라가다 가랑이가 찢어진 뱁새 신세가 되더라고."

허리 한 번 펴고 밭고랑을 향해 일고여덟 걸음 옮긴다. 벌써 저만치 가고 있다.

오일장이다. 네거리 모퉁이에 전을 펼친 노인은 남은 채소를 떨이하고는 막걸리 한 잔에 그은 얼굴이 더욱더 불콰해지고 목소리가 차지다. 덩달아 보는 사람도 청량음료를 한 잔 마신 기분이다. 모나지 않아 누구에게나 마음을 여는 노인의 손을 살며시 잡고 쓰다듬어 본다. 굳어 나뭇등걸 같아도 따뜻하다. 그 손에 삶의 나이테가 새겨져 있다.

노인이 일에 몰입하는 것은 가장 맑은 정신을 만나기 위한 작업이다. 뼈저리게 들여다보는 작업은 허투루 하지 않는다. 고구마 줄기를 따며 바깥으로 도는 아들이 가정으로 돌아오길 기원하는 어머니의 마음을 부려 놓는다. 성스러운 작업이다. 오늘도 노인의 손은 밭고랑에서 바라춤을 춘다.

꿈꾸는 숲

객지 생활을 끝내고 귀촌했다.

이런저런 생각에 마음이 신산할 때 선산을 오른다. 임도가 없는 산이다. 돌보지 못한 산은 오솔길에서 조금만 벗어나도 태풍에 쓰러진 나뭇등걸과 졸가리가 쌓여 앞으로 나아가기 힘이 든다. 지반이 무너진 곳도 있다. 심은 지 몇십 년이 지났지만, 소득이 없는 잣나무들이 키만 자랐다. 희미한 오솔길을 헤쳐 나간다. 숨 가쁜 오르막을 지나 능선을 만나면 한숨 돌린다. 탄탄대로를 만난 듯 호기롭게 걷다가 또 나타나는 가풀막은 먼저 만난 비탈길을 생각하며 견딘다.

그래도 힘이 들면 한껏 빨아들인 공기를 '수 – 웊' 길게 내뱉으며 묵묵히 한 걸음씩 내디딘다. 오른 만큼 내려와야하는 산. 그 내리막에서는 더욱 조심한다. 쉬이 행동하거나 너무 몸을 사리다 보면 낭패를 볼 수 있음을 알기에. 끝없이 오르기만 하고 끝없이 내려가야만 하는 산은 없다. 주변 산은 견딜 정도로 오르내리는 고통과 희열을 준다.

다른 일을 찾는 것보다 사유림을 가꾸고 소득 창출을 위한 특용작물을 재배하려고 산림에 관해 공부한다. 예사로 이 지나쳤던 식물들의 특징과 이름을 연결하기 위해 산을 오르내린다. 아리송하고 낯선 나무들이 어디 그것뿐이랴. 이미 알고 있던 나무도 계절이 변하면 헷갈린다. 이것은 시작에 불과하다. 숲을 가꾸기 위한 첫걸음이다.

잡초라고 하면 식물의 생장에 피해를 준다고 뽑았는데, 사방녹화사업의 일환으로 분사공법으로 풀씨를 뿌리기도 한다는 것을 알고 놀랐다. 재래종 풀은 잘 자라 퍼지고 흙을 보듬는 뿌리의 힘이 커서 토양 유실을 방지하기 때문이란다. 이 세상에 생명을 가진 모든 것은 존재 이유가 있다. 하찮음과 그렇지 않음이 따로 있는 것이 아니라 자신의 자리에서 최선을 다하는 것이 가장 귀한 것이다. 진솔한 삶을 숲에서 배운다.

산림기사 자격증을 취득하고 좀 더 다양한 경험을 하고자 산림조합중앙회 임업기술훈련원에서 시행하는 산림공학기술자 과정 교육에 등록하였다. 철저한 출석 확인에서 시작되는 하루 일정은 빡빡하지만, 이곳이 아니면 실제로 경험할 수 없는 학습이라 진지하지 않을 수 없다.

산림토목시책 해설에서부터 현장에서 사용되는 벌목 장비들과 집재 장비들. GPS 장비 사용 요령과 측량기기 사용 방법을 강의하는 시간에는 앞으로 많은 시간을 함께해야 할 기기들이라 눈으로 보고 만져 보고 측정해 보며 사용 방법을 익힌다. 사방이론을 강의하는 교관은 산림에 대한 긍지 및 책임감이 얼마나 강한지 휴식 시간도 없이 자신의 앎을 전달하기 위해 애쓴다.

　잘 닦인 임도만 다니다가 길이 없는 곳에 임도를 만들기 위해 풀숲을 헤치고 올라가 측량을 하고 평면도와 종단면도, 횡단면도를 그리면서 긋고 지우기를 반복한다. 그것이 경험으로 터득되는 것이든 지식으로 전달되는 것이든 간에 '왜'라는 의문과 부정으로 배움은 계속될 것이다. 사유림에도 재난용으로 임도 개설이 시급함을 느꼈다.

　임목이 성장하기 좋은 환경을 만들어 지속적인 산림경영과 보속적인 대경재 생산을 할 수 있는 산림을 꿈꾼다.

숲과 더불어 꿈꾸다

문을 나서면 보이는 숲. 수풀은 크고 작은 나무와 덩굴과 풀이 엉켜 있다. 편안해 보이는 식물도 위로는 잎들이 햇볕을 고루 쬐려고, 아래로는 뿌리를 깊이 내리려고 끊임없이 애쓴다. 생존 경쟁에서 살아남기 위해 타감 물질을 이용하여 밀어내기도 한다. 그러면서도 배려하고 어울려 사는 자연의 모습이 우리네 삶과 닮았다.

국가자격증을 취득하고도 선산에 올라 꾸준히 실습한다. 예전에 친정아버지는 태풍이나 폭설이 내린 뒤 언제나 산을 오르셨다. "잘 견뎌서 장해." 하시며 나무를 쓰다듬었다. 이제 나도 아버지 흉내를 낸다. "어휴, 힘들었지? 이제 괜찮아." 덩굴을 걷어 주며 다독인다.

고맙게도 늦게 공부한 것을 풀어낼 수 있는 곳에서 손을 내밀었다. 지역 주민의 소득 창출과 수목장림을 조성하는 작업장에 현장 대리인으로 갔다. 이른 아침 현장에 인부들이 모인다. 그은 얼굴에 다부진 몸, 안전장비를 갖춘 경험이 많은 전문인이다. 오래 함께 일했기에 눈빛만 보아도 서로의 생각과 마음을 읽을 수 있다.

몇 년 전에 지역 주민들의 소득 창출을 위한 밀원지를 조성하기 위해 아까시나무, 헛개나무, 옻나무를 심었다. 백합나무와 편백을 심어 자연 친화적인 수목장묘 문화를 선도하기 위한 탄소 저감원 숲 조성지이다. 이천십육 년에 심은 상수리나무, 편백, 백합나무. 그 이듬해에 심은 옻나무, 아까시 묘목을 찾아야 한다.

수풀에 파묻힌 묘목을 찾아서 주변 반경 이십 센티미터 이내의 식생을 낫으로 제거한다. 묘목을 보호하고, 예취기 작업으로 인한 묘목의 피해를 방지하기 위함이다. 다음 작업은 남아 있는 식생을 예취기로 모두 제거하는 풀베기이다.

이 작업에서는 안전 장비를 철저히 갖추어야 한다. 안전화와 각반을 착용하고 손 보호대, 보안경, 안전모는 필수다. 여름이라 벗고 싶은 충동에 자신도 모르게 손이 가지만 땀을 닦는 것으로 만족해야 한다. 잡초 무성한 곳에서는 뱀이나 벌 떼를 조심해야 한다. 경사지고 암반이 돌출된 곳도 많다.

만만치 않은 작업 환경 속에서도 묵묵히 일하며 서로의 안전을 챙긴다. 그들이 흘린 땀방울이 값진 거름이 될 거다. 어린나무도 아이처럼 홀로 설 수 있을 때까지 보살핌이 필요하다. 넘어진 아이를 일으켜 세운 듯 마음이 뿌듯하다.

산림과 사람이 더불어 성장하고 서로 위로받을 수 있는 자연. 피톤치드 및 음이온을 내뿜어 면역력 향상에 도움이 되는 치유의 숲. 자연 친화적인 수목장림을 조성하여 장묘문화를 선도하는 공원. 공기 청정기 역할을 하는 쾌적한 숲을 꿈꾸며 장비를 챙겨 산을 오른다.

'코로나 19'로 지칠 대로 지친 심신의 치유 공간으로 산림을 활용하면 어떨까. 그리하여 산림과 친숙해지면 숲을 보호하고 가꾸어야 한다는 의식이 더욱더 깊어지리라 생각한다. 숲과 더불어 제2의 삶을 꿈꾼다.

더운 날은 가만히 있어도 덥다우

오늘 이야기는 많이 들어 본 것일 텐데, 어떻게 풀어내어 아이들의 이목을 집중시킬까 생각하며 집을 나선다. 행여 빠졌을까 봐 가방 속에 두꺼운 종이로 만든 금도끼·은도끼·쇠도끼를 확인한다.

태풍이 온다더니 후덥지근하다. '쿵쿵 콩콩' 방망이 소리가 난다. 이웃집 노인이 비가 오기 전에 갈무리한 참깨를 토닥거린다. 손놀림이 재다. 아직 덜 말라 방망이 소리가 조심스럽다. 너무 힘이 들어가면 꼬투리가 떨어져 일거리가 많아진다. 햇살을 등지고 앉아 있지만 얼마나 더울까? 옷은 살갗과 이미 한속이 되었다. 왜소한 몸집이 더 작아 보인다. 그냥 지나려다 같은 연배인 손위 시누이 생각이 나서 "더운데 좀 쉬었다 하시죠." 했더니 "더운 날은 가만히 있어도 덥다우." 한다.

그 말을 듣는 순간 여러 생각이 오간다. 양 겨드랑이에 자식들 품고 허리 한 번 펴지 못한 채 일만 하고 살아온 여인들. 그녀들이 땅에 쏟은 노동이 농촌 삶을 일으켜 세운 가장 슬픈 지혜이자 처세이다. 가난에 순응하지 않고 보다 나은 내일을 위해 일어선 이 땅의 개척자다. 그녀들이 툭툭 뱉는 자조와 넋두리야말로 간증이고 수필이고 시다. 그렇다. 더운 날은 놀아도 덥고 일을 해도 덥다.

나에게 모시옷을 준 시누이도 같은 마음으로 시골 생활을 견뎌 냈을 것이다. 시집갈 때 마련한 모시 치마저고리와 깨끼 바느질한 셔츠를 그대로 보관해 두었다가 건넸다. 치맛말을 손으로 시침한 바늘땀이 고르다. 시어머님 솜씨다. 몸이 불어나면 조절해서 입으라는 배려였을 거다. 한 땀 한 땀 속에 딸을 여의는, 시집살이가 편안하길 기원하는 어머니 마음이 고스란히 묻어난다.

꽃 같은 새색시가 나들이할 일이 없었으랴. 첫아들 낳은 든든한 마음, 둘째 아들, 셋째 아들 낳고 자랑하고픈 마음 없었을까. 그 마음보다 어떻게 잘 키울까 하는 걱정에 살림하고 논밭에서 살다 보니 젊었을 때는 입고 나갈 시간 여유가 없더란다. 이제 늙어서 푸새하기 힘들고 다림질하기도 버겁다. 잘 손질해서 입을 사람에게 준다는 말에 고마움보다 아린 마음이 앞섰다.

여름이면 모시옷을 손질해 입는다. 쌀풀로 푸새하여 적

당히 말린다. 먼저 주름을 펴고 옷감의 성질대로 솔기를 맞추어 밟는다. 두어 번 모양을 다시 잡아 토닥거리며 풀이 고루 깊이 스며들도록 공을 들인다. 살짝 바람을 쏘여 꼽꼽할 때 다림질을 하면 숨은 구김까지 펴진다. 넓은 치마폭 구김이 펴지면 내 마음도 반반해지는 것 같다. 저고리를 다릴 때는 더욱 신경을 쓴다. 보이지 않는 곳을 잘 살핀다. 손질해 걸어 놓으며 한 번 더 자신을 돌아본다. 입고 나가면 어지간히 더운 날이라도 절골 바람, 영천강 바람이 모두 안긴다.

바람은 "이야기 할머니" 하며 망설임 없이 달려와 안기는 아이들 같다. 유치원 아이들을 만나러 갈 때 우리 옷을 입는다. 동정을 달고 속옷을 갖추어 입고 버선을 챙긴다. 날씨가 궂을 때는 번거롭다는 생각이 들기도 한다. 그래도 때와 장소, 일옷과 나들이옷을 철저히 구분하던 어머님을 떠올리며 마음을 다스린다. "야야, 아이들 앞에 설수록 입성이 발라야 한다." 어머님 말씀이 들리는 것 같아 옷매무새를 살핀다.

노인 역시 다르지 않을 것이다. 길쌈하던 마을인데 삼베로 지은 등거리 서너 벌 없을까. 시원하지만 푸새하거나 손이 많이 가는 옷보다 세탁하기 쉬운 옷을 땀받이로 입었을 거다. 참깨 더미 위에서 땀을 쏟는다. 노인에게 요술 방망이를 손에 쥐여 주고 싶다. 이야기 속의 산신령은 정직하고 부지런한 나무꾼에게 금도끼·은도끼를 주었는데. 열심히 일하는 노인에게 금은보화 같은 참깨가 쏟아지게 하면 좋겠다. "참깨 나와라 뚝딱, 많이 나와라 뚝딱." 몸은 앞으로 나아가지만, 마음이 머뭇거린다.

굳이 노구를 움직여 일해야 한다는 책임감을 내려놓으면 좋으련만. 항상 바쁘게 살아야 한다는 세상의 오래된 관습에서 벗어날 때도 된 것 같다. 가만히 있어도 괜찮을 나이다. 일손을 내려놓고 싶었지만, 차마 그러지 못했던 마음을 더 늦기 전에 흔들리지 말고 놓아주기를. 상황이 어떻든 간에 아주 작은 편안함을 원하는 자신을 지켜 주기를. 오늘 하루는 삼베 등거리 입고 정자나무 아래서 부채 바람이라도 쐬면 좋겠다.

자연의 보폭으로

금오열도에서 가장 큰 섬, 금오도 비렁길을 걷는다. 비렁은 벼랑의 사투리이며 낭떠러지의 험하고 가파른 언덕을 말한다. 오래전에 주민들이 땔감을 구하고 낚시를 하러 다녔던 길이다. 더러는 생필품을 이고 지고 다니기도 했을 테지.

2코스를 거쳐 3코스까지 걸을 거다. 갯 내음을 보듬은 녹록하지 않은 바람과 따사로운 햇살이 가득한 길이다. 산과 바다를 어깨동무한 구불구불한 길이 끝없이 이어진다. 걸음 속도에 맞추어 주변도 천천히 움직인다. 너덜겅이나 오르막길도 숨 가쁘지 않게 걷고 내리막길이 나타나도 달리지 않는다.

대가족이 살았을 법한 집 한 채가 나타났다. 덩굴식물이 담을 넘어와 마당을 지나 빨간 양철 지붕을 온통 덮었다. 안채와 사랑채의 높낮이만 가늠할 정도다. 바다를 향하여 앉은 집. 일어나서 잠이 들 때까지 보고 듣고 맡고 느끼던 바다. 그 바다와 함께 저녁이면 온 식구가 두레 밥상을 마주하며 하루의 고단함을 풀치던 가정이었을 게다. 자녀들은 도시로 나가고 노부부만 살다가 빈집이 되었을까. 아니면 바람이 싫어 적막함에 지쳐 대처로 떠났을까. 애잔한 풍경에 마음이 쉬이 따라오지 않는다.

너럭바위에 앉으니 맵지도 차지도 않은 바람이 분다. 오랜만에 만난 친구를 차마 손 놓아 보낼 수 없다는 듯이 따스한 햇볕이 등을 다독인다. 끝 간 데 없는 봄 바다는 안개에 갇혔다가 선뜻 배 한 척을 등장시키더니 어느새 푸른 치맛자락을 펼친다.

시선을 불러들여 쉬엄쉬엄 걷는다. 선홍빛 꽃을 무수히 매달고 초록 면경을 반짝이는 그런 나무 울타리를 본 적이 있는가. 몇 그루도 아니고 빈틈없이 들어선 동백나무로 이루어진 울타리 말이다. 거센 바람을 어머니 부채 바람으로 돌려놓는 바람벽. 바라보는 사람 마음을 순수하게 만드는 동백나무 울타리 발치에는 봄까치꽃들이 별처럼 돋아 있다. 여느 곳에 핀 꽃보다 맑고 선명하다. 그 너머에 쌈 채소들이 나풀거린다. 들고 나는 파도 소리를 들으며 깨어나고 잠드는 방풍나물은 얼마나 간간 쌉싸래할까.

그냥 떠나지 못해 차를 우린다. 찻잔 속에 봄 바다를 닮은 하늘이 내려앉았다. 동백꽃 한 송이 사부자기 다가와 아는 체한다. 어디선가 동박새 소리가 나는 듯하다. 살면서 미처 즐기지 못한 색깔 고운 추억을, 내 것으로 만들지 못한 행복을 지금에서야 되찾는다. 고단한 삶의 자국이 얼룩진 구두를 광낸 기분이다.

바람 옷과 햇살 옷을 입고 피어난 바람꽃을 발견하고 탄성을 지른다. 서서 보다가 퍼질러 앉아 눈을 맞춘다. 혼자 보기가 아까워 앞서가는 사람을 부른다. 보이지 않는다. 보랏빛 선명한 제비꽃을 보라고 소리치는데 뒤따라오는 사람이 없다. 이미 지나가 버렸다. 기다리다 일어선다.

봄볕이 부시어 노란 눈을 비비는 괭이눈꽃과 눈을 맞추어 보았는가. 바람과 함께 춤추는 홀아비꽃대의 떨림을 느꼈는가. 앞뒤 사람에게 말해 주고 싶은데 들어 줄 사람이 없다. 서너 송이씩 피어 있는 꽃들이 삶의 여정에서 만나는 디딤돌 같다.

반대편에서 3코스를 거쳐 오는 젊은이를 초입에서 만났다. 어떠하였느냐고 물었더니 바삐 걷느라 본 게 없었다는 대답이 돌아왔다. 나도 옛날에는 그랬다. 참 서둘러 왔다. 앞뒤도 없이 까닭도 없이 마치 번갯불에 콩을 볶듯이. 누가 뒤에서 보았다면 나라를 구할 만큼 대단한 용무가 있어서 달려간다고 생각했을 것이다. 누구 말도 아무 말도 듣지 않겠다는 듯 잔뜩 날을 세우고 뛰었다. 굳고 단단한 자신의 벽 속에 갇혀 있었으니 자신도 피곤했으며 보는 사람도 답답했을 게다.

이제는 그렇게 무모하게 달려갈 생각을 조금씩 내려놓는다. 바위처럼 서 있어도 좋고 파도처럼 들어왔다 나가기를 반복해도 좋다. 전망대에 앉아서 지는 노을을 바라보아도 좋겠다. 숲길을 걸으며 오는 사람 가는 사람에게 길을 내어준다. 행여 아는 사람을 만나면 멈추어 서서 한참을 살아온 이야기, 살아갈 이야기를 나눌 거다. 서로 등을 토닥이다가 모습이 보이지 않을 때까지 손을 흔들며 자연과 함께 발맞추어 걸을 거다.

유등을 띄우며

소망등이 살랑거린다. 소망을 밝힌 등이 일시에 날아오를 것 같다. 모든 염원이 서로 힘이 되어 상승작용을 얻은 것일까? 기꺼이 이루어질 것이라는 마음을 보탠다. 소망등이 비추는 터널을 지나 강가로 내려선다. 앙증스러운 유등 따라 한 가족이 손에 손잡고 강물과 함께 걷는다. 무슨 소원을 담았을까? 표정이 사뭇 진지하다. 저 유등처럼 환하게 웃을 수 있기를 바라며 뜬다리를 건넌다.

우리의 미풍양속을 표현한 등을 전시하는 곳에서 걸음을 멈춘다. 떡돌 위에 찰떡을 메로 친다. 지난 생각에 입꼬리가 올라간다. 정겨운 풍경이나 맛있는 음식을 보면 같이 즐기고 나누던 사람이 그립다. 늙어 가는 과정인가 보다. 수변 무대에서 본 심청전 창극이 어른거린다. 공양미 삼백 석에 인당수에 빠졌던 청이, 아버지와 만나는 장면에서 늘 눈물이 비치고 헛기침이 난다. 처음 관람하는 것도 아니건만 변함이 없다.

어느새 어머니와 나란히 앉아 극을 즐긴다. 심 봉사가 청을 안고 젖동냥을 하러 오면 어머니는 덥석 받아 아이를 어르며 젖을 물릴 것이다. 배불리 먹이고는 '잘 자라거라' 축원도 포대기에 같이 싸 주시겠지. 인당수에 빠지는 청을 보고 "애고 가여운 것. 저런 어쩌." 처음 보듯 애달파 내 손을 꼭 잡으실 거다. 도창의 소리에 추임새도 넣고 뺑덕어멈의 맛깔 나는 연기를 보다가 웃음 뒤에 "어찌 저리 사람이 모질까 끌끌." 한 말씀하시겠지.

바람이 차다 싶으면 준비해 간 무릎 담요로 어깨를 감싸 드리고, 허기지면 가까운 곳에 가서 따끈한 곰탕을 시킬 거다. 수육도 곁들여 밥술에 깍두기며 김치도 올려 드리면 더 맛있게 드시겠지. 이 거리 저 거리 기웃거리다 다리 아프면 빈대떡 부치는 가게에 앉아 막걸리라도 한 병 시켜 어른거리는 유등을 보며 옛이야기를 나누리다.

"야야 이제 고단하다." 하시면 찜질방으로 갈 거다. 뜨끈한 소금방에 들어가 땀을 흘리고 나면 "시원타" 하시겠지. 손 꼭 잡고 누워서 내 책 속에 나오는 어머니 이야기를 읽어 드릴 거다. 그러면 "내가 그랬나." 하시다가 고른 숨을 내쉴 거나. 오랫동안 곁에서 얼굴을 지켜보며 들숨 날숨을 확인할 거다.

하룻밤 보내고 다음 날은 느지막이 아침을 들고 어머니의 빨래터가 어디쯤인지 어림잡아도 보고, 토닥토닥 방망이 소리 들리는 멀지 않은 곳에서 피라미 잡던 이야기도 할 거다. 어머니와 팔짱을 끼고 극장에도 가야지. 영화를 보다가 졸면 조는 대로 어머니 곁에만 있어도 좋다. 팝콘도 음료수도 마다하시겠지만 살 거다. 세상이 많이 좋아져 잘 살고 있다는 것을 보여 주고 싶다.

체격에 꼭 맞는 우리 옷도 골라 드리고 한복점에 가서 연분홍 비단 치마저고리도 맞춰 드리고 싶다. 부드러운 천을 몸에 대보고 수줍게 웃으시겠지. 어머니 몰래 밍크 털 달린 배자도 맞춰 놓을 거다.

저녁으로 풍천장어 집에 가서 장어 요리를 사 드릴 것이다. 드시고 나면 한번 업어 볼 것이다. 묵직한 몸무게를 느껴 봐야지. 자식에게 모든 걸 내어 준 껍데기뿐이었던 육체가 아닌 옹골지고 단단한 몸을 내 살갗으로 느끼고 싶다. 어머니 손가락에서 사라진 쌍가락지도 맞추어 드릴 게다. 한 번씩 아미까지 내려온 머리카락 걷어 올리며 딸이 사 준 금반지라고 은근히 자랑도 하시게.

그 정도면 좀 가벼워진 마음으로 어머니라는 말만 들어도 눈시울이 뜨거워지는 마음 허한 아낙에서 벗어날 수 있을 것 같다. 해마다 조금씩이라도 사랑에 보답하고 싶다.

야외무대에서 난타 공연이 한창이다. 모던 북을 신명 나게 두드린다. 손장단을 맞추며 몸도 마음도 들썩여진다. 그 흥을 어머니께 전하고 싶어 더 신나게 장단 맞추면 "야야 정신 사납다" 하시려나. "이제 나는 됐다." 하실 때까지 모시고 싶은데 내 마음대로 될지 모르겠다.

소망등이 남강변을 밝히는 이 밤 유등을 띄운다. 내년을 예약하며 어머니 근황을 여쭙는다.

화로, 삶을 데우다

책상 한 곁에 화로가 있다. 뒤집어 놓은 중절모 같은 무쇠 화로다. 두부백선같이 생긴 흠도 있다. 거무스름하여 윤을 내어 볼 요량으로 박박 문질러도 별 변함이 없다. 무쇠이기에 긴 세월을 버티었으리. 오죽하면 골동품을 뒤지던 도둑이 버리고 갔을까마는 두고 간 것이 얼마나 고마운지 모른다. 화로에는 젊은 날의 희로애락이 담겨 있다.

어둠이 걷히지 않은 이른 시간이었다. 새신랑이 옷을 주섬주섬 입더니 나가서 들어오지 않는다. 새색시 가슴이 콩닥거렸다. 사랑채와 큰방에 새벽 군불을 때느라 늦는 줄 알았다면 덜 서운했을 텐데. 소죽을 끓이고 숯불을 화로에 담아 재를 덮어 다독였다. 화롯전을 정성껏 닦아 사랑방에 들이고 타다 남은 장작불을 고래로 밀어 넣느라 몸을 납작 엎드렸다.

고개를 외로 틀고 숙인 신랑의 넓은 등을 비추는 잉걸불이 삼십 촉 전등 불빛보다 더 밝고 붉었다. 마루에서 축담으로 내려서던 새색시는 한복의 답답함도 잠시 잊고 안온한 수묵채색화 속의 주인공이 된 듯했다. 새로운 삶이 펼쳐질 오솔길이 평안할 것 같아 가슴이 두근거렸다. 부엌에 들어서니 솥전에는 이미 눈물 자국이 나 있었다. 아궁이에서 나오는 따뜻한 기운에 행복했다.

저녁 인사를 드리려고 사랑방 문을 열었다. 화롯불 위에 홍시가 뭉근히 데워지고 있지 않은가. 떡을 드시려는 일흔이 넘은 아버님을 위한 어머님의 마음 씀이었다. 때때로 아직 들어오지 않은 식구의 늦은 밥상을 위해 화로는 작은 돌솥을 품고 있었다. 후후 불며 밥을 먹고 난 돌솥에는 숭늉이 구수한 냄새를 풍기며 기다렸다. 무쇠 화로는 지친 몸과 마음을 품어 주는 부모님의 사랑이었다. 따스한 정감 어린 그림으로 들어가 나의 미래에 대한 밑그림도 그렸다.

거무스름한 화로 곁에는 마을 어르신들이 모여 기나긴 겨울밤을 보냈다. 내년 농사일을 미리 계획하고 힘든 일을 겪고 있는 이웃에게 십시일반으로 온정의 손길을 모아 보내기도 했다. 형편이 안 되는 사람은 울력으로 도왔다. 이따금 젊은이들의 잘잘못을 짚어 당사자를 불러 칭찬하거나 꾸짖은 뒤에 격려도 아끼지 않았다.

어른들이 사랑방을 비울 때는 동네 개구쟁이들이 모여

방귀로 누가 촛불을 먼저 끄는지 시합을 벌였다지. 창호지 문에 비친 그림자는 여느 화가의 그림보다 더 적나라했다. 바가지 두 개가 비추어지는 위치에 따라 참으로 이상한 형상이 방문에 정직하게 투시되어 보는 사람이 포복절도했단다. 화로는 사람과 사람이 상생할 수 있는 장을 펼쳤고, 사람과 사물이 함께 어울릴 수 있는 장마당을 열어 주었다.

아침이 되면 그 화로는 큰방으로 자리를 옮겼다. 어머님은 딸들을 앞에 앉히고 화로에 묻어 두었던 인두로 저고리 섶을 눌러 모양 잡는 요령을 가르쳐 주셨다. "고름에서 세 손가락 폭만큼 띄우고 동정을 다니라. 달고 나서 마지막으로 깃을 인두로 눌러 주어야 모양새가 난다."는 말씀을 빠뜨리지 않았다.

시대의 흐름을 들먹이는 딸에게 사용하든 아니든 아는 것과 모르는 것의 차이는 크다고 말씀을 덧붙였다. "사회생활을 할 때 자신의 성질대로 장작불처럼 활활 타기만 하면 안 된다. 때로는 솔갈비 불처럼 곱게 탈 줄도 알아야 하고 화로의 불씨처럼 은근과 끈기로 버텨야 할 때도 있느니라."화로를 사이에 두고 딸과 며느리를 위한 무릎 교육이 꽃을 피웠다.

지독한 입덧이 왔다. 온몸이 매시근했다. 움직임이 굼뜰 수밖에 없었다. 자주 마실 오는 대추나무 집 할머니는 입에 물었던 담뱃대를 축담에 톡톡 두드리며 "저녁 설거지 끝내고 문지방을 넘다가 순산하고 사흘 만에 모심으러 갔다 아이가." 넌지시 하는 말이 더 서럽고 잔미웠다. 어머님과 이야기를 나누는 동안 할머니와 나 사이에 박힌 미운털이 벗겨질까 매번 벗어 둔 고무신을 씻어 드렸다.

일 철이 되자 움직일 수 있는 사람은 모두 논밭으로 가고 마을이 텅 비었다. 대추나무 집 할머니는 말벗이 필요했던지 어머님이 안 계셔도 우리 집에 자주 오셨다. 봄이라지만 아직 추위가 남아 양지가 좋을 때였다. 큰방에서 화로를 가져와 축담에 내려놓더니 올이 성긴 스웨터 주머니에서 사탕 두 알을 꺼냈다. 털실 오라기가 붙어 있었지만 어두운 눈에는 보이지 않았을 게다.

부엌에서 가져온 국자에다 사탕을 녹여 소다를 넣었다. 노을빛을 머금은 구름처럼 부풀자 재빨리 불에서 내렸다. 할머니는 다듬은 솔가지를 나에게 건네며 멋쩍은 듯 합죽웃음을 지었다. 사그라져 없을 줄 알았던 화로 속의 불씨가 유일한 군것질거리를 제공한 셈이다. 달고나가 입속에서 녹아 목젖을 타고 내려갈 때 잔미운 마음도 녹았다.

계절이 바뀌자 벗어 둔 앞치마 주머니에서 앙증스러운 노란 꽃을 물고 꽃다지 오이가 나와 놀랐다. 한참 뒤에는 볼 붉은 대추 몇 알이 깡마른 얼굴에 화색이 돌게 했다. 그 할머니가 마실 다녀간 뒤였다. 화로는 육십여 년이란 세월의 단단한 벽을 허물었다.

마음이 무거울 때 화로에 앉은 먼지를 닦으며 내 안과 밖에 서린 차가움을 사랑으로 데운다. 새벽 시절, 화로에 잉걸불을 담고 재를 덮어 다독이여 사랑방에 따뜻한 마음을 더하던 새신랑을 떠올린다. 아버님을 위한 작은 배려로 가슴을 훈훈하게 하던 어머님의 평상심을 그리면 입가에 미소가 번진다. 모녀지간에 있었던 무릎 교육을 떠올리면 바짝 조여 있던 마음이 넉넉해진다. 모시 올 같은 머리를 알밤처럼 빗어 넘긴, 온 얼굴이 주름으로 덮였던 대추나무 집 할머니의 작은 몸집보다 더 큰 정이 생각난다.

무쇠 화로는 내 삶을 덥혀 준다. 부모님의 뭉근한 사랑이 밴 화로에 불씨를 살린다.

3부

참 좋은 당신

*

많은 분 덕분에 마음의 눌린 데를 펴고
더 밝게 더 크게 더 긍정적인
마음으로 생활하자고 다독인다.
어떤 선택의 갈림길에서 마음이 흔들릴 때
그들의 따뜻한 마음, 배려하는 마음,
나누고자 하는 마음을 생각하며
탁월한 선택을 하게 될 거다.

참 좋은 당신

목소리로
책을 만나보세요

어려서부터 노래 잘하는 친구가 있다. 목소리만큼이나 마음결이 곱다. 아담한 체구에 비해 마음 씀이 웅숭깊어 우리는 동갑내기 언니 같다고 한다. 예쁜 마스크 걸이를 하고 있다. 하나 마련해야지 생각만 했지 그러지 못한 친구들이 멋있다고 한마디씩 한다.

손가방에서 꾸러미를 꺼낸다. 하나하나 한지로 포장하여 색실로 묶었다. 궁금하다. 하나씩 가지란다. 풀어 본 포장지 속에서 반짝거리는 마스크 걸이가 나왔다. 제각각 다른 색상이다. '와!' 하는 탄성에 영롱한 구슬이 친구의 마음만큼이나 빛난다. 한 사람 한 사람 얼굴을 떠올리며 선물을 고른 친구 정성이 내 안에서 출렁인다. 저마다 한마디씩 고마움에 대한 덕담을 나누었다.

돌아오는 버스 안이다. 들판에 고개 숙인 벼가 오늘따라 더 덜퍽져 보인다. 뒷자리에 앉은 노인이 목 뒤로 처진 마스크 걸이를 본 모양이다. "새댁 목걸이가 참 곱소." 하며 만진다. "어디서 샀소?" 목걸이가 아니고 마스크 걸이라고 답하고는 묻지도 않은 설명을 덧붙인다. 친구에게 선물 받았다고 하며 내 마음을 붙든다.

새댁이라 부르는데 다른 거라면 얼른 벗어 그 노인에게 주었을 것이다. 아직 고운 때도 묻지 않은 친구의 마음을 다른 사람에게 보낼 수 없어 꾹 참았다. 참한 마음이 깃든 마스크 걸이를 몸에 지니고 싶다. 내 마음도 너그럽고 후덕해져 누군가의 참 좋은 당신이 되고픈 바람이다.

"잔액이 부족합니다."

승객이 카드 대신 만 원을 투입구에 넣으려 하자 기사가 역정을 낸다. 버스 안에서 환전을 부탁하지만 바꾸어 줄 만한 돈을 가진 사람이 없다. 낭패스러워하는 승객 대신 차비를 넣었다. 얼마 전에 내가 겪었던 일이기도 하다. 다행히 나는 동전이 있었고 그 승객은 잔돈이 없는 것의 차이다.

실수를 곱게 봐주던 너그러운 사람들은 떠나고 내가 남의 실수를 곱게 봐줘야 하는 시기가 왔다. 나이가 들었다는 증거인 거다. 누구나 한 번쯤 있을 수 있는, 다른 사람에게 피해 주지 않는 실수만 하고 살면 좋겠다. '코로나 19'가 끝나도 마스크 걸이는 안경 걸이로 변하여 나와 함께할 것이다.

노인이 내린 뒷좌석에 앉은 계집아이가 자꾸 보챈다. 다문화 가족이다. 아이가 여린 어미와 똑 닮았다. 알아들을 수 없는 말이지만 짐작은 간다. 마스크 걸이를 만지려는 아이를 엄마가 저지한다. 뒤에서 뻗대며 칭얼거린다. 바닥에 누워서 뒹굴고 어미는 난감하여 아이를 보듬고 엉덩이를 때린다. 소란을 피하려고 얼른 마스크 걸이를 벗어 아이에게 주었다. 오래 간직하며 훗날 고운 추억으로 남길 바랄 뿐이다. 허전한 목을 머플러로 다독이며 내린다.

산다는 것은 불편하고 모자람에서 교훈을 얻는 것인가 보다. 시내에서 멀어 한번 외출하는 데 시간 허비가 많다며 투덜대기보다 부족한 듯한 행복을 살펴 누려야겠다. 친구야! 마스크 걸이가 내 손에서 떠나도 너의 마음은 내 곁에 있단다. 보이지 않아도 볼 수 있고 갖지 않아도 지니고 있는 게 우리 나이라고 믿는다.

시내에서 멀어 배달도 꺼리는 이곳에 퀵 서비스로 보름달같이 환한 갖은 빵을 보내 주신 지인, 그 빵을 먹을 때마다 달달한 행복을 느꼈다. 사과를 한 아름 보내 준 지인, 다 먹을 때까지 곳간이 가득한 부자였다. 어려운 일이 있어 도움을 청하면 스스럼없이 가진 것 내어 주는 지인.

많은 분 덕분에 마음의 눌린 데를 펴고 더 밝게 더 크게

더 긍정적인 마음으로 생활하자고 다독인다. 어떤 선택의
갈림길에서 마음이 흔들릴 때 그들의 따뜻한 마음, 배려
하는 마음, 나누고자 하는 마음을 생각하며 탁월한 선택을
하게 될 거다.

그럼에도 불구하고, 오늘도

바람이 분다. 이야기 활동이 없는 날이라 아침에 동네 산을 오른다. 임도 따라 가랑잎이 미끄럼을 탄다. 골짜기 아래 나무들이 부산스럽다. 골바람이 나무를 더 흔든다. 키만 키우다 보니 몸통이 가늘다. 지난해 태풍을 견뎌 낸 게 대견하다. 나무들은 서로 껴안고 안간힘을 썼을 거다. 그저 살아 내려고 수고 경쟁을 했을 뿐인데 키가 걸림돌이 되다니.

길 가장자리에 서서 아래를 내려다본다. 골짜기에서 자란 나무의 키가 오륙 미터 정도는 되지 싶다. 길을 쑥 넘본다. 길까지 오르면 햇볕을 차지할 거라고 생각했을 것이다. 맞은편 산비탈에서 자란 잡목들 키도 대단하다. 한낮만 겨우 볕살을 볼 수 있는 위치가 원망스럽지 않았을까?

나무는 '그래도, 그나마, 그럼에도 불구하고'라는 마음으로 묵묵히 힘든 일상을 살아 낸다. 붙어 있던 잎들이 떨어져 나가는 소리, 먼 데로 굴러가는 소리가 자신에게 보내는 응원의 손뼉처럼 들린다. 그렇다, 살아 있음에 부산스러운 소리가 나고 낙엽을 떨굴 수 있는 것이다.

사람이라고 삶이 즐겁기만 하겠는가. 유치원 등원 시간이면 애틋한 풍경들이 펼쳐진다. 한 아이가 엄마 치맛자락을 잡고 놓지 않는다. 엄마가 한 발자국만 옮겨도 자지러진다. 눈물, 콧물 범벅이 된 아이를 유치원 교사에게 맡기고 돌아서는 엄마의 마음은 오죽하랴. 버티고 앉아 꼼짝도 하지 않고 우는 아이를 달래는 선생도 몸과 마음이 힘들 거다. 그 울음 들으며 이야기를 해야 하는 할머니 마음도 저리다. 애써 마음을 바꾼다. 저 애달픈 울음도 몸과 마음이 자라는 한 과정이라고.

며칠 지나자 그 아이가 먼저 엄마에게 손을 흔들며 돌아선다. 여자 친구의 손을 잡고 교실로 들어간다. 할머니 이야기를 듣는 동안 친구 손을 꼭 잡고 놓지 않는다. 참 적응이란 오묘하다. 그 모습이 하도 어여뻐 웃다가 마른 사레가 들었다. 아이들 뒤에서 알림장 정리를 하고 있던 선생이 재빨리 물 한 잔을 들고 와서 건넨다. 신경을 안 쓰는 것 같아도 마음은 교실 안의 모든 것에 꽂혀 있는 모양이다.

종일 마스크를 쓰고 생활하는 아이들과 선생님. 눈곱만한 것도 자랑하고 싶고, 할머니의 '호' 하는 위로를 받으려

덥석 안기고 싶은 아이들. 그들에게 일정한 거리를 두고 마스크를 마이크 삼아 이야기를 하고 눈으로만 사랑을 전달하는 할머니. 녹록지 않은 환경이다. 그 속에서 살아가는, 살아 내기 위해 바둥거리는 모두와 함께 이 아침을 시작한다.

풍경 속 한 자리

귀촌한 지 십여 년이 지났다.

첫해에는 노인들이 일만 하다 돌아가시겠다 싶어 걱정이
앞섰다. 팔순 노인이 남의 비닐하우스에서 고추를 따고 열
무 단 묶는 손놀림을 보고 놀랐다.

"쉬엄쉬엄하세요. 이제 그만하고 쉬세요."

손가락이 휘어진 손을 감싸며 건네는 인사였다. 지금은
그 마음을 거두어들였다. 농촌에서는 일이 삶을 지탱해 주
는 원천이자 놀이라는 것을 터득했기 때문이다. 자신의 힘
이 닿는 대로 움직이고 그에 따르는 노동의 대가가 허한 마
음의 버팀목이 된다는 것도 알았다.

이웃에 사는 노인은 혼자 걷기도 힘들어 보이는데 전날
마련한 푸성귀를 싣고 새벽 시장에 가서 팔고 온다. 젊었을
때는 자식 뒷바라지에 무엇이든지 가꾸고 거두어서 한 푼
이라도 마련하려고 애썼다. 논일, 밭일 가리지 않고 덥석

덥석해 내며 살아온 삶. 그렇게 인이 박인 삶을 살다 보니 눈에 보이는 모든 것이 일가심이란다. 오랜 습관이 되어 일하지 않으면, 도리어 평정심을 잃는단다.

오일장, 네거리에 앉아 채소를 팔면서 그 자체가 유일한 휴식이라니.

"몸땡이 살 보타지게 일만 하고 살아서 내 몸은 내가 잘 알아. 이러다 자리보전하면 죽는 거지. 아파야 죽어. 안 아프고 어떻게 죽어?"

노인은 날마다 몸과 마음을 던져 치열한 삶을 산다.

아흔에 든 배둔댁은 아직도 고추방아를 찧고 김장 양념을 갈아 준다. 솔미댁도 마찬가지다. 남편의 빈자리를 혼자서 당차게 해낸다. 어디 경제적으로 쪼들려서 그러겠는가. 무릎 수술을 한 석계댁도 다시 장사를 시작하고, 오 년을 큰 병으로 고생하다 우선한 엄정댁도 장날이면 푸성귀며 잡곡을 펼쳐 놓고 오가는 이웃 마을 사람들과 안부를 건넨다.

내가 없으면 세상도 존재하지 않는다며 온몸으로 나 아닌 모든 것을 흔들어 깨운다. 추수기에 곡식 부대가 동산만큼 쌓이는데 뭐가 부족하겠는가. 그래도 손을 쉬지 않는다. 그들은 여생을 즐기지 못함이 아니라 보석 같은 시간을 나름 한껏 누린다. 맹렬한 삶에 대한 강한 의지를 날마다

벼린다.

명자나무에 앉은 참새 소리가 요란하다. 깃털을 부풀려 짹짹거린다. 마을 참새는 다 모였나 보다. 직박구리는 옆집 목련 가지에 앉아 요란을 떨다가 한 번씩 명자나무를 휘젓고 간다. 참새는 혼비백산 도망간다. 선임병이 후임병 군기 넣는 것 같아 우습다. 제비는 전깃줄에 앉아 지절거리더니 까치와 까마귀는 좀 더 실한 전선이나 전봇대에서 운다. 소리가 꽤 드세다. 이따금 눈에 띄는 황새는 농수로를 기웃거리다 영천강으로 날아간다. 저마다의 자리가 있다. 날짐승도 제자리에 있을 때 가장 평안한 모양이다.

각자의 자리에서 자기 일을 열심히 하는 것만큼 보람찬 일은 없다. 그것으로 자긍심과 자부심을 느낀다. 시켜서 하는 일이 아니고 스스로 하는 일은 노동이 아님을 알았다. 이제야 조금씩 농촌 생활에 여물어지나 보다. 나이만 들었지 세상살이를 터득하는 눈은 서리태 눈만큼 작아 삶을 넓고 깊게 관조하지 못했다.

농부들이 종묘상 앞 인도에 죽 늘어앉아 차를 마신다. 시설재배 하는 사람들은 열 시쯤이면 벌써 아침 일을 마치고 작물에 대한 정보를 나눈다. 그 앞을 지나가기가 멋쩍다. 처음에는 '아름다운 이야기 할머니' 활동을 하러 가는 나를 나들이하는 사람 바라보듯 하는 시선이 부담스러웠다. 지금은 아랑곳하지 않는다.

전동차를 타고 지나가던 고성댁이 내려서 빈 종이 상자를 몇 개 주워 담는다. 본동댁이 호미와 앉을 판을 실은 유모차를 밀며 비척걸음을 걷는다. 목줄을 매지 않은 강아지가 자신의 영역 표시를 하며 바투 따라간다. 보도블록 사이사이에 녹록한 풀이 자라 꽃을 피운다. 낯익은 농촌 풍경이 활동사진처럼 돌아간다.

강산이 한 번 변한 그 풍경 속 어디쯤 나도 서 있다.

골목 끝 학교에는

　우리 집 골목 끝에 초등학교가 있다. 골목은 '또각또각' 굽 높은 구둣발 소리를 내는 아가씨 종아리를 닮았다.

　학교는 종일 적당히 바쁘고 떠들썩하다. 새벽에는 어르신들이 학교 운동장을 돌면서 유산소 운동을 한다. 구부정한 자세지만 본인들의 건강 상태에 맞게 걷는다. 노인들이 돌아갈 즈음에는 노동력을 동원할 수 있는 사람들이 모인다. 빠른 걸음으로 걷다가 뛰다가 여러 가지 운동 기구를 이용하며 자신만의 체력 단련을 한다. 저녁에는 배드민턴 동우회 회원들이 강당에서 공을 친다. 마땅히 운동할 장소가 없는 주민들이 운동장과 학교 강당을 알차게 이용한다.

　등교 시간이 가까워지면 노란색 학교 버스가 학생들을 태우고 간다. 걸어서 등교하는 아이들은 어른들을 만나면 허리를 깊숙이 굽혀 "안녕하세요!" 건네는 인사말이 우렁

차다. 이따금 조회 시간에 들리는 음악에 맞추어 마당에서 내 몸이 기억하는 대로 보건 체조를 한다.

점심시간이 되면 급식실로 향하는 아이들의 재잘거림이 싱그럽다. 예나 지금이나 먹는 것은 즐겁다. 급식 지도하는 선생님 목소리도 화음처럼 들린다. 그 소리와 움직임을 온화한 표정으로 지켜보는 한 소녀가 있다. 음전한 모습으로 손에서 책을 놓지 않는 그 소녀의 나이는 확실하지 않다. 오래전부터 나무 그늘에 해사한 표정으로 앉아 책을 읽고 있다. 큰아이를 유모차에 태워 운동장을 돌 때부터 그 소녀가 있었으니 나이가 족히 오십은 넘었을 테다.

그동안 읽은 양서의 분량은 얼마이며, 눈을 맞추고 거쳐 간 아이들은 얼마나 될까? 운동장에서 빗나간 축구공을 주우러 가다가 만났을 수도 있고 어떤 아이는 일부러 찾아가 마음속 이야기를 풀어놓기도 했을 거다. 나무 그늘 아래서 공기놀이나 구슬치기를 하다가 말승강이가 나면 판정해 달라고도 하지 않았을까. 아이들 마음을 다독여 주며 "독서는 마음의 양식"이라는 말을 빠뜨리지 않았겠지. 요즈음도 피어나는 청렴꽃들에게 변함없이 전할 게다.

소녀의 발을 쓰다듬는다. 쓰다듬는다는 것은 내 마음이 상대방에게 배어든다는 것이다. 은연중에 새살궂어진 나를 잠시 불러들여 한 귀로 흘린 것을 다시 마음 바탕에 새겨 적는다. 들어도 들은 것이 무엇인지 지나치기 쉬운 요즘의 나를 돌아보는 것이다. 그리고 한발 물러서 생각과 말과 행동의 뒤를 살피면서 말 아낌을 가슴에 새긴다.

소녀상 발밑에 새겨진 짧은 어구처럼 마음의 양식을 쌓는 일에 충실한지 되짚어 본다. 저 소녀는 몇 십 년을 독서 중인데 마음 내어 산 책들을 제대로 읽고 자신의 것으로 만들었는지, 지인들이 보내 준 책 속에 깃든 앞선 삶의 통찰과 고견들을 뒤처진 내 삶에 접목해 보았는지 곱새긴다.

반복된 나날을 보내며 앎을 행동으로 옮기지 못함이 다수다. 머리에서 가슴까지 가는 길이 가장 멀다고 했던가. 작은아버지 장례식장에서 사촌을 만났다. "훌륭한 사람을 만났을 때는 그 사람의 좋은 점을 자신도 가지고 있는가 생각해 보고 그렇지 못한 사람을 만났을 때는 그 사람의 모습이 자기에게도 있지 않은지 돌아보라."고 아버지께서 말씀하셨다며 사촌이 나에게 들려줄 땐 참 부끄러웠다. 언제나 자기를 점검해 보고 잘못된 것이 발견될 때는 곧바로 반성하라는 말씀이었다. 나는 까맣게 잊고 있었던 말을 사촌은 기억하고 있다니. 실천하지 않은 것은 모르는 것만 못하다. 가까이에 한 발짝 물러서서 뒤를 돌아볼 수 있게 하는 훌륭한 스승이 있음에 행복하다.

죽음도 두려워하지 않고 당당하게 "나는 공산당이 싫어요."라고 외친 이승복도, 열 살 어린 나이에 눈길에 쓰러진 아버지를 구하려다 숨진 효자 정재수도 영원한 소년으로 서 있다. 두려움 속에서도 자신의 올곧은 생각을 행동으로 옮긴 아이들이다. 사계절 화단 외진 곳에 있어도 또래들의 가슴에 '나라 사랑'이 어떤 것인지, '효'란 무엇인가를 진한 묵언으로 전해 왔다. 두 소년의 웅숭깊은 마음은 지금도 아이들 가슴을 데우고 있을 것이다.

유월 어느 날, 이승복과 정재수 동상 앞에서 한참을 뭉그적거린다. '방공을 국시의 제일의로 삼고'로 줄줄 외우던 세대가 자유민주주의와 승공 정신을 투철하게 지켜 왔는지. 부모님이 계시지 않는다고 길이길이 지켜야 할 덕목인 '효'가 노안처럼 희미해지지는 않았는지 더듬어 본다. 돋보기 도수를 높여야겠다.

'코로나 19' 때문에 늦은 새 학기가 시작된다. 아이들을 기다리던 담장에 핀 빨간 덩굴장미가 꽃은 지고 잎만 무성하다. 정원사가 나무를 손질하고 운동장에 자란 풀을 뽑고 바닥을 다진다. 놀이터 모래도 소독하고 반반하게 고른다. 운동장 가장자리에 정원사 손길이 미처 닿지 못한 잡초가 눈에 띈다. 풀을 뽑는다. 정글짐 아래 반쯤 묻힌 돌멩이를 집어 든다. 아이들은 모래에 손을 묻고 다독이며 미래의 집을 지을 것이다.

운동장을 나서서 적당히 그을리고 근육질인 골목길을 따라가면 우리 집이 있다.

책을 기증하다

뉴질랜드의 켄터베리 박물관이다. 인간의 삶과 경제, 역사의 변천에 대한 모든 것이 이곳에 있다. 심지어 동물들의 화석, 진화, 현재의 날짐승에 대한 터전과 특징 변화 과정을 아이들의 눈으로 확인할 수 있게 전시되어 있다. 조상들의 생활사도 세기별로 분류해 놓았다. 여러 부족의 생활상과 가옥의 특징, 원주민과 개척민 사이의 불협화음까지도 기록되어 있다. 눈으로 구경만 하는 게 아니고 직접 체험할 수 있는 공간이 많다. 만지고 붙이고 만들고 변형시키고 어린이들의 호기심을 충족시킬 좋은 곳이다.

숙소로 돌아가는 길에 투랑아도서관을 만났다. 2011년 지진 때 허물어진 것을 이전하여 지은 공공도서관이다. 다리도 쉴 겸 들어갔다. 사 층 건물인데 흔히 접하는 도서관 분위기와 달리 참 자유스럽다. 게임에 열중하는 아이들의 웃음소리, 어른들의 조심스럽지 않은 잡담, 직원들의 업무

처리. 모든 게 도서관이라는 엄숙한 분위기가 아니다.

일 층 편안한 의자에 앉아 쉬고 있는데 남편은 층층을 거쳐 사 층까지 올라가 우리나라 책을 찾아보았던 모양이다. 페르시아, 일본, 중국 한국 책이 있는데 우리나라 서가에 꽂힌 도서량이 빈약하다고. 소설과 시집은 있는데 수필집이 보이지 않는다고 올라가 보기를 종용한다.

여행 도중에 도움을 받거나 고마운 분에게 드리려고 책몇 권 가지고 온 게 있다. 직원에게 수필집을 기증하고 싶다고 말했더니 흔쾌히 승낙한다. 그러나 본인이 결정하는 게 아니고 심의를 받아야 한단다. 이해한다는 말을 남기고 다음 날 책을 가져다주었다. 결과를 통보할 거란다. 두 달 정도 걸릴지 모른다고 하더니 열흘 뒤에 감사하다는 메일이 왔다. 내 책이 서가에 꽂힌 사진과 영문으로 소개하는 사진을 보냈다.

졸저이지만 교민들이나 한국을 알고자 하는 사람들에게 공감대를 이끌어 내고 그들의 삶에 활기를 불어넣을 수 있으면 좋겠다. 사람들의 삶에 따뜻한 미소를 안겨 줄 수 있는 동반자가 되기를 바란다.

뉴질랜드 남섬 북동 연안에 위치한 도시 크라이스트처치. 공원과 공공 정원이 시 면적의 8분의 1을 차지하고 있어 평원의 '정원 도시'라는 별칭이 있는 곳이다. 헤글리 공원의 규모에 입이 쩍 벌어지고 나이만큼이나 우람한 나무 자태에 압도된다. 무엇보다도 공원을 찾은 사람들의 한가로운 모습에 마음이 넉넉해진다. 하루에 다 둘러보기가 벅차 에이번강을 따라 거닐다가 다음 날은 보타닉 가든을 중심으로 구경할 계획이다.

나무와 새와 사람이 여럿인 듯 하나 같다. 품이 넓은 나무 아래 자리를 잡았다. 자리를 펴고 앉는 사람보다 풀밭에 편안히 몸을 눕히거나 앉은 사람이 더 많다. 해충이 없다고 하더니 정말인가 보다. 사람이 자리 잡으면 새가 종종거리며 다가온다. 주변을 맴돈다. 먹을 것을 달라고 오기보다 사람이 좋아서 오는 것인지 모른다. 그늘에서 서늘한 기운이 느껴져 햇살이 비치는 곳으로 한 걸음 자리를 옮긴다.

웅대하게 자란 나무 밑동이 더없이 즐거운 놀이터다. 아래로 처져 옆으로 뻗은 나뭇가지에 오르내리며 아이들이 놀고 있다. 오르는 아이, 밑으로 기어 다니는 아이, 술래잡기를 하는 아이. 보기만 해도 즐거움이 전이된다. 까르르 거리다가 뛰어내린다. 아래에는 답압 방지와 안전을 고려한 완충재로 우드칩을 덮어 놓았다. 어린이들은 어른들의 시각으로 디자인된 시설보다 자연에서의 놀이를 더 좋아한다. 점점 아이들의 수가 늘어난다.

반대편 나무에는 맨발을 한 원주민 여인이 굵은 나뭇가지에 걸터앉아 커다란 사발 같은 싱잉볼 가장자리를 막대기를 스치듯 돌린다. 종소리의 마지막 여운 같다고 할까? 소리인 듯 아닌 듯, 나는 듯 아니 나는 듯 사람의 마음을 이끈다. 그 여인의 말로는 우주의 소리란다. 듣는 사람의 마음에 따라 들리는 소리도 받아들이는 소리도 다르단다. 좀 더 많은 시간을 보낸다면 깊은 소리와 뜻을 알 수 있으려나. 여인에게 합장을 하고 헤어진다.

공원 안에 호수도 있다. 빅토리아호수의 둘레만 돌아도 만 보는 걸을 것 같다. 이름에서 영국풍 느낌이 든다. 나이 먹은 능수버들이 휘휘 늘어져 바람에 춤추다가 고요히 물결에 입 맞춘다. 바람은 긴 입맞춤을 허용하지 않는다. 보는 이가 애가 탄다. 버드나무가 왜 우리나라에만 있는 나무라고 생각했을까. 물을 좋아하는 성질의 나무라 어디에서든지 조건만 맞으면 자랄 수 있는데.

내 유년의 기억 속에 저장된 나무여서인지 우리 나무라 부르고 싶다. 그 사이를 오가는 오리 식구들이 살갑다. 새끼는 어미를 따라 종종걸음을 걷다가 얕은 물에 들어가 머리를 박고 올라오기를 거듭한다. 그 모습이 치마를 뒤집어 쓴 유아를 보는 것 같아 웃음이 절로 난다. 각자의 먹이는 자급자족하는 모양이다.

쾌적한 날씨에 보답하듯 사람도 자연도 건강하다. 달리는 사람, 천천히 담소하며 걷는 사람, 벤치에 앉아 사랑을 나누는 사람, 이국의 정취를 만끽하는 사람. 모두 푸근하다. 만나는 사람마다 인사는 기본이다. 다양한 인사말이 처음에는 쑥스러웠는데 익숙해진다. 인사를 나누는 사람의 표정은 밝다.

다음 날은 식물원을 찾았다. 만여 종이 넘는 식물이 자란단다. 온갖 여름꽃 향연 속에서 놀았다. 여러 종류의 장미와 다알리아, 색색의 수국들 앞에 사람들이 북적거린다. 세계 각국에서 모인 사람들이 마음 가는 꽃 앞에서 사진을 찍는다.

꽃과 함께하는 사람들의 표정이 다양하다. 익살 궂은 표정, 사랑스러운 눈빛, 잠이 덜 깬 배시시 웃는 아이, 그 모습이 예뻐 활짝 웃는 젊은 엄마. 따라 입꼬리가 올라간다. 꽃을 가꾼 사람들의 노고에 보답하기 위해 더 활짝 웃는다. 화사한 꽃과 풍성한 자연으로 가득한 정원은 일상에 지친 시민들의 심신을 치유하는 최적의 장소이다. 자연은 항상 변화하며 새로운 모습으로 다가온다. 언제 찾아도 지루하지 않고 즐거운 이유는 이 때문이다.

다시 에이번강을 만난다. 공원을 끼고 흐르는 에이번강은 오리를 비롯한 물새들의 생활 터전이다. 이곳을 찾는 사람들에게도 더없이 매력적인 공간이자 놀이 공간이다. 배도 운항한다. 곤돌라 같은 생김새인데 여덟 명이 정원이다. 배를 저어 가는 뱃사람의 동작을 지켜보는 것도, 행복한 표정을 감추지 않는 승객을 바라보는 것도 즐겁다. 타고 가는 이나 강변을 걷는 이나 만나면 서로 손을 흔들며 인사한다.

물이 맑아 수초와 바닥이 훤히 보인다. 강을 사랑하는 뱃사공의 마음과 장대가 강바닥을 청소하는 걸까. 비닐 조각이나 쓰레기 한 점 떠내려가거나 걸려 있는 게 보이지 않는다. 자연과 공생하며 활용되는 도시 하천이 정겹다.

버리는 사람도 줍는 사람도 보이지 않는다. 사람이 사는 곳에 어찌 쓰레기가 없을까마는 버릴 곳에 버리고 넘치기 전에 비운다. 그러고 보니 이곳에서는 비닐을 사용하지 않는다. 봉투와 압축해 만든 종이 도시락. 일회용 포장지가 종이 제품이다. 좋은 환경을 만들기 위해서는 그만큼 노력이 따르는 거다.

더 멋진 것은
함께 모두 웃는 거다

화창하다. 파란 하늘이 부럽다.

뉴질랜드 북섬에 위치한 항구 도시 오클랜드에서 전쟁기념 박물관 가는 버스를 탔다. 덜퍽진 몸매만큼이나 마음씨가 너그럽고 미더운 기사다. "어느 나라에서 왔느냐? 얼마나 머물 것이냐? 걱정하지 마라, 목적지를 알려줄 테다." 배차 시간에 쫓겨 허둥대는 모습이 아니다. 타고 내리는 승객도 여유롭다. 그 모습을 보는 이방인도 마음이 한가롭다. 그들이 미안하다, 고맙다는 말을 달고 살기에 나도 그에 답하는 말이 저절로 나온다. 고운 말이 찡그린 얼굴, 불편한 마음에서 나오겠는가.

박물관 근처 정차장에 버스를 세웠다. 기사는 운전석에서 내려 황소걸음으로 네댓 걸음 옮겨 가서 설명한다. 저기 보이는 넓은 입구는 찻길이고, 가까운 곳에 보이는 좁은 입구는 걸어서 편하게 갈 수 있는 길이라며 설명해 준다. 두꺼비 같은 손을 은고사리처럼 흔들며 좋은 여행 하란다. 흔드는 손따라 온몸이 출렁거린다. 큰 동작에서 덕석만 한 마음이 나오는 모양이다.

올라간 입꼬리에 묻어 자연스럽게 떠오르는 운전 기사가 있다. 진주 진양호에서 금곡을 오가는 390번 버스 기사다. 작은 체구지만 마음은 한바다다. 항상 웃는 얼굴에 인사는 친척처럼 건넨다. 지난번에 한 허리 수술은 상태가 좋아지고 있느냐? 무릎은 어떠냐? 모내기는 다 했느냐? 오늘은 어디 가느냐? 일 좀 줄여라. 입맛이 없어도 끼니는 챙겨 먹어야 한다 등. 가만히 듣고 있으면 피붙이에게 건네는 안부 같다.

어떻게 남의 집 사정을 그리 잘 아느냐고 물었더니, 몇 년을 같은 노선을 운전하다 보니 이웃처럼 지낸단다. 숟가락 개수가 몇 개인지도 꿰고 있다나. 오래 만난다고 남의 집 사정을 훤히 알 수 있겠는가. 관심과 사랑을 기울여야 알게 되는 것이지. 기사는 탈 때뿐만 아니라 내릴 때도 인사를 빠뜨리지 않는다. 그런 모습을 보면 승객들 마음도 즐거워진다.

보답이랍시고 가방 속에 먹을거리가 있으면 한두 개 건네는 게 고작이다. 어느날 곰곰이 생각하다가 그 기사의 애칭을 풍수라고 지었다. 연한 배 같다고 붙인 것이다. 풍수는 과육이 사근사근하고 과즙이 풍부한 배 품종이다. 아직은 나 혼자만의 애칭이지만 소문을 낼 참이다.

버스를 탈 때 좋은 기운을 뿜는 기사를 만나면 남은 시간이 행복해질 것 같아 마음이 푸근하다. 좋은 생각이 좋은 마음을 불러오고 좋은 마음이 좋은 날을 만드는 것이다. 자신이 행복하게 웃는다면 상대방도 함께 행복하게 웃을 수가 있다. 더 멋진 것은 함께 모두 웃는 거다.

한 지붕 다섯 가족

#1 밥은 잘 챙겨 먹냐

현관 바닥에 검부러기가 떨어져 있다. 위를 쳐다보니 제비 두 마리가 터를 잡고 번갈아 드나든다. 계약서도 쓰지 않고 배짱 좋게 짓는다. 아직 못자리 만든 논이 없어 젖은 흙을 물어 오기가 쉽지 않을 텐데. 그래도 촉촉한 흙으로 하루가 다르게 집을 만들어 간다. 입으로 띠풀과 진흙을 물어 와 타액을 접착제로 하여 단단한 집을 짓다니. 건축가가 따로 없다. 한 단 한 단 올라갈 때마다 응원한다.

드디어 집이 완성되었다. 집 밑에 판자를 받쳐 주고 현관의 자동 등을 돌려놓았다. 집이 완성되었지만, 며칠을 두 마리가 불이 들어오지 않는 전등갓에 앉아 밤을 세운다. 한 마리가 집에서 지내는 걸 보니 암컷이 알을 품고 있나 보다. 수컷은 바깥 등에서 잠을 잔다. 새끼를 위한 마음은 사람 못지 않다.

식탁에 앉으면 제비 행각에 대해 할 말이 많다. 어미는 밑에 깔아 놓은 비료 포대 위에 배설하지 않고 아무 데나 실례를 한다고 성토하다가 어느새 어린것의 새로운 행동으로 말이 이어진다. 가령 그 좁은 공간에서 꼬리를 바깥으로 내밀고 배설을 한다든지. 어미는 입을 나팔꽃처럼 벌리고 모여드는 새끼의 먹이 배분 차례를 어찌 알까. 자지러질 듯 재재거리는 것은 먹이를 서로 달라고 떼쓰는 본능에 가까운 행동이다. 소리가 나면 밥을 먹다가도 베란다로 나가 행동을 주의 관찰한다.

이십 일쯤 지나자 몸집이 큰 녀석부터 비행 연습을 시도한다. 한 번에 날지 못하고 난간에 앉아 몇 번의 시행착오를 하더니 가까운 전깃줄까지 날아간다. 새벽에 신문 가지러 가다가 집 아래 받침대에 한쪽 날개만 걸친 채 파닥이는 제비를 보고, 제집에 밀어 넣어 주기도 했다. 하나둘씩 날아가면 제비 가족들과 만남이 뜸해질 거다.

어느 날 아침, 제비 가족이 전깃줄에 앉아 유난히 조잘거린다. 아마도 이제 스스로 날아 먹이를 구할 수 있다는 기대감 내지는 더 넓은 곳으로 날아다닐 수 있다는 부푼 희망을 노래하는 것일 테다. 그동안 지켜본 이웃에 대한 감사의 인사일 수도 있다. 행복이란 의지로 얻을 수 있다는 말이 있더구나. 많이 웃고 하고 싶은 일을 해라. 웃음은 행복한 삶을 위한 보험이라지. 세상 구경을 하다가 잘 때는 집으로 돌아오려무나.

주인 생각이지만 올해는 청소비를 좀 받을 요량으로 마음 단단히 먹었다. 마음을 알아챘는지 대한민국 출산율이 낮다는 소식을 접했는지 두 번째 알을 품는다. 설마 이것으로 대신하자는 것은 아니겠지. 열심히 사는 게 고마워 제비 가족에게 드나들며 말을 건넨다.

"밥은 잘 챙겨 먹느냐? 건강이 최고다."

옛날 부모님께서 자주 하시던 말씀이다. 이제는 자식들의 안부 전화에 빠지지 않고 하는 말을 제비 가족에게도 묻는다.

우리 집에 있을 때 좋은 추억 많이 만들어라. 현재가 즐거워야 미래도 즐겁다고 하지 않더냐. 한 지붕 아래에서 지내는 동안 최선을 다하자. 때가 되어 헤어지더라도 서로 섭섭하지 않게. 알에서 깨어나 새로운 세상을 경험하고 비상하는 제비 가족에게 축복을 빈다. 세계를 깨뜨리고 '나'에게로 날아가 진정한 자신만의 삶을 누리려무나.

#2 일희일비를 몰라

서편 담장과 건물 벽 사이에 왕거미가 집을 지었다. 거미집의 위치가 애매하여 집주인이나 가스나 기름을 배달하는 사장도 고개를 숙이고 지나다닌다. 주인이 허리를 숙이고 지나가니 방문객도 몸을 낮춘다. 우리 집은 흔히 말하는 갑과 을의 위치가 명확하지 않다. 아니, 주인이 항상 을이다.

검은색 몸뚱이에 가로로 그어진 선명한 노란색 줄이 위용 있어 보인다. 몸집이 크다 보니 한번 움직이면 평수 넓은 집이 출렁거린다. 그래도 걱정하지 않는다. 집은 생명체들이 안전하게 살아가기 위해 만들어 낸 공간 아닌가. 거미 역시 천하태평이다. 바람이 불어도 비가와도 햇살이 따가워도 쉽게 동요하지 않는다. 소나기가 내린 뒤 옥구슬이 맺혔다. 고이 받아 꿰어 볼까 손을 내밀다 물러선다.

조선 시대 홍기섭이란 선비가 살았다. 홍기섭의 집에 도둑이 들었는데 너무나 가난한 살림을 외면하지 못해 자신의 돈 열 냥을 솥 안에 두고 갔다. 돈을 발견한 부인이 양식을 사러 가자고 하니 홍기섭이 낮은 소리로 말했다. "선비는 굶어도 남의 물건을 탐내어서는 안 되오." 하며 담벼락에 돈을 찾아가라는 글을 써 붙였다고 하지 않던가.

하물며 한 지붕 아래 살면서 주인이 세 든 이의 옥구슬을 탐내어 되겠는가. 거미는 나의 마음을 아는지 모르는지 무관심하다. 먹이가 걸려도 점잖은 건지 아둔한 건지 재빠르게 움직이지 않는다. 며칠 먹이가 걸리지 않아도 슬퍼하는 낯빛이 없다.

언제 먹이를 포식할 것인가 주시하지만 때를 맞추기가 쉽지 않다. 어떤 날은 한참을 먹이가 파닥거려도 미동도 없다. 지켜보던 내가 지쳐서 차라도 한 잔 마시고 나오면 언제 처리했는지 제자리에 버티고 있다. 저 왕거미의 사전에는 '일희일비'라는 말이 없나 보다. 느긋하다 못해 답답하다. 행여 거미의 옷이 무두질한 가죽으로 만들어진 것은 아니겠지. 옛날에 성정이 급한 사람이 무두질한 가죽을 차고 다니며 자신을 경계하곤 했다는 글귀를 읽은 것 같다. 오래되어 버리려고 내놓은 가죽조끼를 다시 입고 다녀야겠다.

#3 텃세는 하지 않았냐

매일 참새와 직박구리가 날아와 수다를 떤다. 장소는 명자나무와 박태기나무다. 명자나무가 선홍색 꽃을 피우면 곧이어 잎이 핀다. 잎이 피어 선홍색 꽃과 녹색 잎이 어우러지면 옆에 선 박태기나무가 진분홍색 요요한 꽃을 밀어 올린다. 어미젖 떨어지기 싫은 아이, 엄마 가슴을 파고드는 것처럼 나무줄기에 딱 붙어 핀다. 둥치에서 가지 끝으로 다닥다닥 꽃을 매달며 올라가는 모습이 집성촌의 가계도 같다.

그 곁에 키는 작지만 제법 몸통이 큰 동백나무가 있다. 동박새도 아닌 뱁새가 동백나무에 집을 지었다. 부드러운 띠풀을 물고 와 아이 주먹만 한 집을 지어 놓고 드나든 모양이다. 언제 지었는지도 모른다. 빈집이지만 가지와 가지가 엉겨 안전하게 집을 받쳐 줄 조건이 되었구나 싶다. 어떠한 도구도 사용하지 않고 주변에서 구할 수 있는 최소한의 재료로 최고의 효과를 낸다. 깃털도 아닌데 부드러우면서 질기다. 가는 띠풀로 만든 집이 바람이 불어도 비가 와도 심지어 눈이 내려도 견디었다 싶으니 빈집이라도 허물수 없다.

뱁새는 자신보다 몸집이 큰 새들이 아침저녁으로 날아와서 재재거리는 소리가 두렵지 않았을까. 나무 아래 하얗게 떨어진 새똥을 보면 하루에도 수십 마리가 머물다 가는 것 같다. 그렇게 좋은 환경은 아니지 싶은데 형편에 맞추어 집을 지었나 보다. 가난한 뱁새에게 터를 빌려주었다고 생각하니 뿌듯하다. 뱁새의 단칸방을 보며 젊었을 때 살았던 집을 떠올린다. 소소한 행복들이 남실거린다.

새들은 바람이 가장 심하게 부는 날 집을 짓는다지. 강한 바람에 견딜 수 있는 튼튼한 집을 짓기 위해서 말이다. 환경과 어우러지는 동물들의 집짓기는 경이롭다. 집을 짓는 것은 인간만이 아니다. 수많은 동물이 소중한 생명을 낳고 키우기 위해 그 누구에게도 배우지 않고 본능의 힘으로 집을 짓는다. 조심스럽게 들여다보며, 집을 짓는다는 것, 살아간다는 것이 무엇인지 한 번 더 생각한다. 행여 집 지을 때 이웃들이 텃세는 하지 않는지. 집은 잘 보존하여 둘 테니 내년에는 서로 얼굴 보며 통성명이나 하자꾸나.

#4 발전 지향적인 삶을 살다

마당으로 들어오는 디딤돌 밑에 개미가 오글거린다. 얼마나 큰 집을 지었는지 삼백육십오 일 하루도 빠지지 않고 드나든다. 참깨나 들깨, 작은 꽃씨라도 말리면 어김없이 입에 물고 일렬로 행진한다. 그럴 때면 심술이 나서 발을 들어 올렸다가 땅만 울리고 만다. 혼비백산하여 흩어진 듯하다가 다시 나타난다.

측은지심에 그냥 더불어 살자고 마음을 바꾸었다. 이제는 주객이 전도되어 주인이 개미 행렬을 피해 다닌다. 그도 그럴 것이 외출하고 돌아오면 대문에서 제일 먼저 반긴다.

"오늘도 열심이네."

나름대로 아는 체하고 움직임에 방해되지 않도록 그 디딤돌을 피해서 잔디밭으로 걸어간다.

비 온 뒤다. 지렁이 한 마리에 수십 마리 개미가 협동 작전을 펼치고 있다. 작은 먹이는 물고 바로 집으로 가지만 큰 먹이는 뒤로 끌고 가기도 한다. 어디로 들어가는지 한참을 주시한다. 사막개미는 뇌 신경세포가 수천 개나 된다나. 천억 개에 가까운 인간에게 비할 바가 아닌데 절대 집으로 가는 길을 잃지 않는다고 한다. 먹이를 찾아가는 길에 본 풍경을 스냅 사진처럼 기억했다가 돌아오는 길에 이정

표로 삼는단다. 주인도 처음 마음처럼 삶의 방향을 잃지 않으려면 개미처럼 잠시 멈춰 주변도 살피고 걸어온 길도 되돌아봐야 할 것 같다.

"아아, 알립니다. 세경마을 이장입니다. 연일 일사병 환자가 늘어난다고 합니다. 물을 많이 마시고 한낮에는 일을 피하고 무더위 쉼터에서 쉬시기 바랍니다."

무더위 경보를 알리는 친절한 이장의 마을 방송을 듣고 자리를 뜬다.

큰 욕심 부리지 않으며 바지런하고 서로 돕는 모범을 보여 주는 스승을 곁에 모시고 있다고 생각하니 든든하다. 생각이 행위를 낳고, 그것이 습관이 되고, 성격이 되고, 성격은 그 사람의 운명이 된다고 하지 않던가. 나태한 생활이 아닌 발전 지향적인 삶을 사는 또 다른 가족이 있어 행복하다.

#5 세컨드 하우스로 착각하다

집을 비우면 고양이들 천국이다. 어미는 화단의 흙을 파고 뒹굴며 더위를 피한다. 새끼들은 무화과나무를 오르내리다가 그네를 타듯 매달리다 뛰어내리기도 한다. 집주인이 돌아오면 도망을 가야 하는데 그렇지 않다. 새끼들은 부리나케 줄행랑을 치지만 어미는 힐긋힐긋 눈치를 보며 어정댄다. 자신들의 휴식 공간을 방해한다는 생각인지.

겨울에는 햇살 바른 현관 바닥에 몸을 편안하게 눕혀 볕쪼임을 한다. 문을 나서다 인기척에 놀란 고양이 행동에 주인은 더 놀란다. 추격 거리를 벗어나면 얄밉게 뒤돌아 눈치를 살피다가 유연한 자세로 대문 밑을 빠져나가거나 담을 넘어간다. 때로는 느긋하고, 초연하다 못해 위엄 가득한 태도를 취하며 확실한 걸음으로 나간다. 쫓는 듯 행동하다가 웃고 만다. 능청스러운 고양이 가족 덕분에 주인도 나이가 들수록 좀 여유로워지려나 기대하면서.

화단의 흙을 파고 볼일을 본 후 다시 덮는다. 덕분에 올라오는 튤립 새순이 뿌리에 양분을 잘 간직해 두었다가 봄에 실한 잎과 꽃을 피우지 싶다. 실팍하게 올라오는 새순들이 나서고 싶고 뽐내고 싶어도 참느라 몸이 근질거릴 게다. 너무 앞서다가 된서리라도 만나면 안 된다는 것을 아는 거지. 아침마다 눈 맞추는 안주인은 식물도 아는 이치를 모른다. 사람은 재능을 몸에 직수굿이 숨겨야 정신이 안에서 살찐다는데 재능이 없어서인지 성장의 기미는 보이지 않고 바깥에만 살이 찐다.

또 한 녀석은 볕 바라기 하느라 금잔디를 못살게 군다. 뒹굴다가 발로 흙을 파다가 짓눌러 잔디가 몸살을 할 지경이다. 어떻게 교육을 해야 할까? 아마도 우리 집을 저네들의 세컨드 하우스로 착각하는가 보다. 문패에 새긴 이름을 명도 높은 색으로 선명하게 칠해야겠다.

느티나무처럼 곱게 물들고 싶다

보건지소 앞마당에 있는 느티나무가 곱게 물들어 간다. 독감 예방 접종 기간이다. 육십오 세 이상이면 무료로 접종할 수 있다. 문해 노인들에게 작은 도움이 될까 하여 미리 자원봉사 신청을 해 두었다.

출근 전인데 노인들이 보건소 계단에 열 지어 앉아 있다. 손을 잡으니 차다. 손이 차니 몸도 마음도 시릴 거다. 문을 열자 "아이고" 소리가 일어서는 노인보다 먼저 흔들린다. 일어났다고 하지만 허리는 반만 펴졌다.

보건소 안은 미리 난방해 놓아 훈훈하다. 따뜻한 차 한 잔씩 건네고 예진표를 작성한다. 주민등록증을 지참해야 한다고 마을 이장이 방송을 했을 텐데 그냥 오신 분이 있다. 주민등록번호와 전화번호, 주소를 모르는 분이 많다. 어쩔 수 없이 한 번 더 오셔야 한다. 다음에 오실 때는 햇살 퍼지면 오시라는 당부도 잊지 않는다.

예진표 작성에도 진도가 안 나간다. 아픈 곳이나 상용하는 약이 있냐는 문항에서는 수 분간 머무른다. 아픈 곳이 한두 군데가 아니며 머리끝에서 발끝까지 성한 곳이 없단다. 발가락이 저리다며 양발을 벗는다. 유치원생들 손가락 아픈 곳에 "호" 하듯이 말로 아픔을 달랜다. 자식들에게 아프다고 했더니 "그러게 뭣 하러 일 아니면 죽을 듯이 했소." 버럭 화를 내더란다. 어르신 입장에서 역성을 드니 아이들은 착한데 세근이 없어 그렇다며 말을 흐린다. 내 생각이 짧았다.

병원 의사에게 충분히 물어보지 못한 아쉬움을 공중보건의에게 봇물 터지듯 쏟아 낸다. 젊은 의사는 이러지도 저러지도 못하고 노인들의 하소연을 다 들어 준다. "따끔." 순간에 접종 약은 주입된다.

"어르신, 술 드시거나 간단한 목욕은 되어도 목욕탕에 가서 땀 흘리면 안 됩니다."

큰 소리로 또박또박 접종 후에 주의해야 할 사항을 말한다. 다시 어르신의 말이 이어진다. 한 말 또 하면서 일어서지 않는다. 내가 나설 수밖에 없다.

옷을 여며 주고 모시고 나온다. 파스 냄새가 진동한다. 파스로 허리에 한 벌 옷을 입힌 것 같다. 그 위에 두른 허리끈에 달린 주머니가 달랑거린다. 성치 않은 몸으로 "놀면

뭐 하냐? 죽으면 썩을 몸." 남의 하우스에서 고추 따고 딸기 따서 받은 돈을 주머니에 차고 다닌다.

파스 냄새 밴 그 돈은 언젠가 자식과 손자 손에 쥐어질 것이다. 주고도 모자라 또 주려고만 하는 나무. 우람한 나무였다가 나무이다가 실바람에도 쓰러져가는 삭정이라는 것을 자식은 잘 알지 못한다. 언제나 그 자리에 우람한 나무로 서 있을 것이란 착각을 한다. 나 역시 부모는 언제나 손을 내밀면 잡아 줄 줄 알았듯이.

간호사가 눈치 빠르고, 사근사근하다. 바쁜 중에도 혈압 재고 혈당 검사도 해 준다. 간단한 약도 처방전에 따라 조제한다. 약을 주면서 큰 글씨로 복용 방법을 써 주고 일러 주며 또 되물어 인지시킨다. 인근 마을에 혼자 사는 노인들은 대개 보건소에 등록이 되어 있다. 인지장애가 있는 분은 요양 보호사가 동행한다.

너무 오래 산다고, 늙으면 죽어야 하는데 저승사자가 잡아가지도 않는다고 자신에게 지청구하면서 하는 행동은 정반대다. 복용하는 약, 정기적으로 가는 병원, 증세에 대해 말씀하시는 걸 보면 삼대 거짓말이 생각나 웃는다. 어쩌겠는가. 백세시대에 접어들었다는데.

요즘은 자식들과 함께 사는 노인보다 따로 사는 분들이 많다. 그러려면 사는 날까지 덜 아프고 편안하게 지내야 하는데 농촌에는 칠십 중반이 넘어도 쉬지 않고 시설재배와 농사일을 한다. 번 돈은 간데없고 남은 건 골병뿐이라고 하소연한다. 덜 벌고 몸을 좀 아끼는 게 낫지 않을까 싶은데 생각이나 습성이 다르니 그르다고 할 수도 없다. 한 걸음 앞선 이들에게 어깨를 내어 주고 시린 손을 잡아 주며 같이 나이 들어가는 게다.

아직은 젊은 축에 속한다고 자원봉사를 신청했지만, 행여 노인들이 불편할까 염려도 된다. "아이고, 나이가 좀 들었건만 어디 사는 새댁인지 참 싹싹하오." 툭 던지는 말에 모두 한바탕 웃는다. 말벗하게 마을 노인정에 놀러 오란다. "그럼 제가 초대받은 거예요?" 하자 환하게 웃으며 고개를 끄덕인다.

아직 누군가를 위해 봉사할 수 있다는 것이 감사하다. 어르신들을 만나면서 조금씩 마음이 넉넉해지는 것 같다. 고맙다며 덥석 잡는 손이 투박하다. 그 투박함 속에 살아온 세월만큼 기쁨과 슬픔의 무늬가 고스란히 새겨져 있다. 손 안에서 삶의 철학이 살아나는 듯하다.

한 손은 늘 비워 두고 인생의 온갖 무늬를 만든 사람들의 손을 자주 잡으며 저 느티나무처럼 곱게 물들어 가고 싶다.

돌확 이야기

계단 옆에 오래된 돌확이 있다. 석수장이가 정으로 쪼아 만든 것이다. 안은 잘게 쪼아 면이 고르고 바깥은 표면이 거칠다. 어머님이 계실 때는 다양하게 쓰였다. 봄이면 쑥떡이 차지게 만들어지고, 가을이면 도토리 껍질을 부수느라 절굿공이가 바빴다. 배 아픈 아이에겐 쌀을 곱게 갈아 흰죽을 쒔다. 그뿐인가. 말린 고구마를 부숴 팥과 고아 간식거리를 만들었다. 용기를 이용하여 온갖 음식을 만들어 낸 어머님과 달리 며느리는 사용할 기회를 자꾸만 밀어낸다.

그것이 민망한지 어느 날부터는 돌확에다 식물을 기르네, 물고기를 키운다며 유난을 떤다. 소나기를 맞아 물기에 젖은 여리디여린 부레옥잠꽃을 보면서 누군가의 눈물을 닮았다며 감성에 젖는다. 돌확 속의 나그네가 십 년 동안 여러 번 바뀌었다. 물배추를 분양받아 키우기도 하고 생이가래가 수면을 덮기도 했다. 이웃 사람이 피라미를 잡아가다가 두어 마리 넣어 주었다.

한번은 집을 오래 비웠더니 고양이가 덮쳤는지 보이지 않았다. 섭섭하여 미꾸라지와 고둥을 얻어 넣었다. 혹시 피라미가 관심을 받지 못해 가출했나 싶어 미꾸라지는 하루에 몇 번씩 들여다보고 말을 건넨다. "뭐 먹고 싶은 건 없냐?" "덥지 않냐?" 한 해를 잘 보내더니 이번 여름에 자주 물 위로 올라와 도랑으로 돌려보냈다.

청태가 낀 돌확을 빡빡 밀며 가시고 또 가셨다. 비워 두고 외롭지는 않을까 싶어 드나들며 보았다. 햇볕에 바래다가 소낙비에 젖다가 장대비에 물이 가랑가랑하다. 떨어진 능소화가 사뿐히 내려앉아 못다 한 사연을 풀어낸다.

꽃이 지자 어느 날 청개구리가 찾아왔다. 물에서 노닐다 돌확 가장자리에 올라와 명상을 즐긴다. 가까이 가도 꼼짝하지 않는다. 그 모습이 앙증맞아 사진을 찍어도 태연하다. 검은물잠자리가 팔랑거린다. 호랑나비가 찾아온다. 잠자리 한 마리 돌확 위로 맴돌자 고양이가 잽싸게 앞발로 물을 덮친다. 물에 비친 잠자리가 물고기처럼 보였나 보다. 계단에 앉아 찰나에 이루어진 고양이 행동을 떠올리며 참 많은 일을 겪는구나 싶다. 돌확에 말을 건넨다.

"울고 싶을 땐 떠나가라 울어도 보고, 힘들 때 누구보다 힘들어도 보고, 슬플 때 아주 슬퍼도 봐야 행복할 때 더 행

복할 수 있다고. 누군가가 그러더구나. 난 네가 행복했으면
좋겠다.”

　말려 둔 밤을 돌확에 넣자 절굿공이가 춤을 춘다. 돌확이
‘쿵쿵’ 그새 장단을 맞춘다.

당신의 날개돋이를 기원하며

사나흘 연달아 비가 내린다. 숲 해설 시연이 있는 날이다. 수목원의 나무들은 더욱더 짙푸른 옷을 입고 고즈넉이 탐방객을 기다린다. 심심한가 보다. 넓은 잔디밭은 빗방울을 튕겨 왕관을 만든다. 생태 체험을 할 수 있는 개울은 아이들의 웃음소리와 뜰채 소리를 그리워한다.

머츰했던 빗줄기가 점점 우악스러워진다. 약속한 시각에 맞추어 숲 해설을 예약한 탐방객을 맞으러 나간다. 대형버스에서 재빠르게 내린 인솔자가 우산을 펴고 한 사람 한 사람 내리는 것을 돕는다. 원만한 사회생활을 할 수 없는 분들이라지만 겉모양으로는 평범하게 보이는 이웃들이다. 인솔자가 이름을 불러 해설하기에 적당한 인원으로 조를 나눈다.

첫 만남의 인사를 나누고 숲에서 지켜야 할 주의 사항을 전달한다. 머릿속은 이들에게 이야기를 어떻게 풀어내어 마음이 저 푸른 숲처럼 평안하게 할까 하는 생각뿐이다. 무궁화 화원을 지난다. 자신과 닮았다고 생각하는 꽃을 선택하라는 말에 배달계, 아사달계, 단심계 앞에 까치발로 선다. 참 순박하고 꾸밈이 없다. 내면도 그러하리라 생각한다. 너무 여려서 날 선 세상에 상처를 받지 않았나 싶어 그들 앞에 선다는 것이 조심스럽고 부끄럽다.

함초롬히 젖은 잎마다 작은 물방울을 달고 있는 키가 큰 낙우송 앞에 섰다.

"여러분, 나무의 주변을 한 번 둘러보세요. 조금 이상한 것이 없나요? 그렇죠. 울퉁불퉁하면서도 몽글몽글하게 불거져 나온 것이 있죠. 그것이 공기뿌리예요. 한번 만져 보세요. 뿌리라고 하면 땅속으로 뻗어 내리는 것인데 더웠다가 춥다가 건조하기도 한 땅 위로 올라올 때 얼마나 힘들었겠어요. 하지만 저렇게 땅 위로 올라와 숨을 쉰답니다.

낙우송은 어려운 환경을 탓하기 전에 어떻게든 살아남기 위한 노력을 멈추지 않죠. 누구든지 시련에 부딪혔을 때 가장 중요한 것은 지금의 어려운 처지가 영원하지 않을 것을 믿는 것입니다. 힘이 모자란다면 부모, 형제, 친구, 이웃의 손을 잡으세요. 한결 편안해질 것입니다."

몇몇은 나무줄기에 이마를 대고 나지막이 무언가를 속삭인다. 그러다가 누가 먼저랄 것도 없이 낙우송을 두 팔로

마음껏 안는다. 그 떨림에 잎사귀에 맺혀 있던 물방울이 후
드득 떨어진다. 모두 우산을 거두고 나무 밑에서 물방울이
떨어지길 기다린다. 살짝 줄기를 흔들었더니 여기저기서
키들거리며 얼굴을 하늘로 향해 치켜들고 모둠발로 폴짝거
린다. 시종 입에 무거운 추를 달고 있던 아가씨도 입꼬리를
살짝 올리며 동참한다. 이내 모두 얼굴을 들고 푸름이 묻은
물방울 샤워를 한다. 활짝 핀 부용만큼이나 표정이 환하다.
  한 학생이 "쉿" 입술에 대었던 손가락으로 옆의 나무를
가리킨다. 젖은 수피에 붙어 있던 매미가 허물을 벗고 있
다. 사람들은 약속이나 한 듯이 서로 몸짓으로 이야기한
다. 출산을 돕는 의사의 마음처럼 서로 잡은 손에 힘을 준
다. 주름진 옷을 밀어내고 드디어 완전한 모습이 보인다.
낮은 탄성이 새어 나온다. 날개를 말려 줄 바람이 건들 분
다. 모두의 입김을 모은 바람이다. 사람들의 표정이 큰일
을 치른 것처럼 사뭇 진지하다. 모두 손가락 끝으로 소리
없는 박수를 친다.
  "언제든지 수목원을 찾아 주세요. 풀과 꽃과 나무의 세
계에서 함께 어울려 봅시다. 삶은 관계에서 시작되는 것이
랍니다. 날개돋이하여 갈채를 받으며 숲 가족이 된 저 매미
처럼 여러분도 사회의 구성원이 되길 바랍니다."
  버스가 수목원을 벗어날 때까지 떠나는 이들 모두가 손

을 흔든다. 나도 버스 꽁무니가 보이지 않을 때까지 손을 흔들며 눈길을 거두지 못한다. 한데 마음이 편치 않다. 숲을 해설하기보다는 같이 숲을 즐기는 친구여야 하는걸. 뭐라고 주절댄 거야. 상처받은 마음을 숲에서 풀쳐 낼 수 있도록 지켜보아야 하는걸. 같이 거닐며 가끔 멈추어 고개 주억거리며 눈 맞춤해야 하는걸. 가르치려 들었다니. 마음의 짐을 보태어 주지는 않았을까?

그들의 날개돋이를 기원한다.

4부

희망꽃이 피었습니다

*

"얘들아,

'모든 순간이 다아 꽃봉오리다.

내 열심에 따라 피어날 꽃봉오리'라고

어떤 시인이 말했단다.

언젠가는 활짝 핀 꽃이다가

튼실한 열매가 맺힐 거다."

화단에 진달래가 탐스럽게 피었다.

내년에는 더 많은 희망꽃이 피면 좋겠다.

홀리다

　거실에 앉아 읽다 둔 『민화에 홀리다』를 펼친다. 친구가 그린 민화 달력을 좀 더 느끼고 싶어 도서관에서 책을 빌렸다. 민화에 대한 해설이 재미있다. 무심히 보았던 민화 속 상징의 도상이 하나의 기호이자 언어였다니. 읽어 갈수록, 깨우칠수록 은유와 직유의 세계를 자유자재로 넘나듦에 감탄한다. 그러다가 너무나 인상적이어서 손뼉을 치며 마음껏 웃기도 한다. 민화 속에 시대의 흐름과 세상의 이야기가 담겨 있다. 아무런 제약도 한계도 금기도 없는 세계를 만들어 내는 민중들의 파격적 힘에 홀린다.

　'홀리다'의 사전적 의미는 '무엇의 유혹에 빠져 정신을 차리지 못하다'이다. 어릴 때 들었던 우리 마을 '빗자루 도깨비' 이야기에는 경상도 방언인 '홀키다'가 더 어울린다.

　점심때라 시내에 나간 남편을 기다린다. 인기척이 난다. 한 손에 들고 있는 비닐봉지를 받아 내용물을 들어낸다. 전골에 필요한 육수와 채소, 당면과 팽이버섯. 소리 내어 확인한다. 그런데 제일 중요한 쇠고기가 보이지 않는다. 손을 가시고 오는 남편에게

"쇠고기가 없어요."

"그럴 리가."

한 번 더 찾아보라고 한다. 그러잖아도 두 번 세 번 확인했다. 나도 나를 믿을 수 없는 실수를 할 때가 있다 싶어. 냉장고에 무심코 넣었나 문을 열어 본다.

그런 모습을 지켜보는 남편의 시선이 이상하다.

"아직도 날 보면 설레유?"

했더니 피식 웃으며 그 식당의 지배인이

"미인인 사모님과 같이 사는 사장님은 좋겠습니다."

하더란다.

"꼭 사모님께 전하세요. 뵐 때마다 하고 싶었던 말이에요."

하도 진지하게 말해서 웃으며 나왔단다.

"난 분명히 전했어."

하며 돌아선다.

순간 웃음이 터진다. 그럴듯한 소리라면

"당신 마누라가 그런 여자유."

보란 듯이 어깨라도 으쓱해 보겠건만. 그럴 자신이 없다. 세월을 이기지 못한 측은지심으로 던진 말일까. 아니

면, 가끔 우리 옷을 입고 음식 먹으러 갔을 때 모습을 얼핏 보았을까? 전화했다. 지배인이 받았다. 저쪽에서는 지금의 상황을 모르고 인사 전화를 했나 싶었던지.

"사장님께서 말씀하시던가요?"

한껏 목소리가 높다.

"전골에 쇠고기가 없어요."

무뚝뚝한 내 말에 화들짝 놀란다. 확인해 보고 전화 주겠단다. 잠시 후 풀 죽은 목소리로 주방장이 쉬는 날이라 보조 주방장이 포장했는데 고기가 빠졌단다. 어쩌면 좋겠냐고 저쪽에서 먼저 고개를 조아린다.

어쩌랴, 뜬금없는 미인 소리도 들었는데. 우리 집과 거리가 멀어 배달해 달라기도 미안하다. 원래는 포장 판매를 안 하는 음식점인데 '코로나 19' 때문에 궁여지책으로 하는 거다. 다음에 시내 다녀올 때 고기 찾으러 가겠다며 전화를 끊었다.

예부터 아첨이 있었다. 그것을 급에 따라 분류했다지. 단순히 윗사람 비위를 맞추는 것을 유諛라 하고, 듣기 좋은 말을 하는 것을 첨諂이라고 했다. 미열媚悅은 그보다 상위인데 눈썹까지 움직이며 표정으로 아첨하는 기술이란다. 가장 위험한 아부는 너무 교묘해서 직언처럼 느껴지는 아첨이라고 플루타르코스는 경고했다. 그 지배인은 듣기 좋은 말을 하는 첨諂에 눈썹까지 움직이며 표정으로 아첨하는 미열媚悅까지 했다는데.

아서라, 그 소리에 흔들리면 가모 자리가 뒤뚱거리겠지. 가정은 길을 잃고 가족은 고통받을 거다. 혼자만의 착각인 가?

"에그, 사모님 정신 차리슈. 육수가 다 졸겠소."

점심은 미인 소리에 홀려 고기 빠진 야채 샤부샤부를 먹었다.

읽다 펼쳐 둔 진정 홀릴 대상이 기다리고 있는 책 속으로 눈을 돌린다. 순일하게 홀리리다.

집 앞에 작은 논이 있다. 이 문전옥답은 물 대기가 수월해 못자리용으로 알맞다. 앞집 노인이 정성 들여 논을 갈고 물을 가둔다. 아직 모판을 만들지 않아 논에는 물만 찰랑거린다. 가라앉은 무논에 별 총총하던 밤이 물러나고 푸르스름한 하늘이 이른 아침을 연다. 뒤이어 흘러가는 흰 구름이 유유한 몸짓으로 인사한다. 잎 돋고 꽃 피는 풍경도 뜬다. 박태기나무에 부리를 문지르는 참새도 무논의 한 부분을 차지한다. 어떤 화가의 붓끝이 이리 싹싹할까? 작은 화폭에 온 마을을 담는다.

꼬부랑한 안노인이 오일장에 팔 채소를 나른다. 먼저 가서 자리를 맞출 요량이다. 바깥노인은 물꼬를 돌아보고 종묘상으로 마실 간다. 바람이 두 노인의 건재함을 무논에 파문으로 알린다. 전선에 앉은 제비가 집 지을 흙 한 점 물어가도 되느냐고 재재거린다. 무논은 "그래그래" 이래도 저

래도 고개를 끄떡이며 살도 뼈도 내준다. 흔들리며 품는
다. 한순간 잠잠한 것이 저절로 순리의 세계로 들어가는 듯
하다.

경운기가 탈탈거리고 승용차가 지나간다. 전동차도 눈도
장을 찍는다. 장날이라 마을에 활기가 돈다. 안노인이 장
거리가 모자란지 비척걸음으로 온다. 몸보다 마음이 앞선
다. 급한 마음에 허리가 더 굽어 얼굴이 땅에 닿겠다. 고구
마 순을 몇 묶음 손수레에 싣고 간다. 점심은 먹었을까. 소
주 한 병 따 놓고 자리 이웃한 사람들과 한 잔씩 입만 축이
고 늦은 점심을 먹을 참인가. 때가 늦어지는 만큼 허리는 더
접질린다.

실한 고양이가 논두렁을 지나간다. 물에 비친 제 모습을
물끄러미 내려다보다가 꼬리를 살랑거리며 알은체한다. 무
논에 낮달이 떴다. 누군가가 동그란 달을 반으로 쓱 잘라
한쪽은 하늘에 두고 남은 한쪽은 무논에 줬나 보다. 위에
뜬 달은 초연하고 아래에 잠긴 달은 나긋하다. 두 낮달이
주고받는 눈길에 마을이 고요롭다. 천천히 깊이 흐르는 시
간, 서쪽 하늘을 물들인 붉은 노을도 한 자락 무논에 발을
적신다.

별들이 떴다. 무논에서 별꽃으로 피어난다. 한갓진 시
간, 무논이 담아내는 삶의 철학에 귀 기울이려 논두렁에 무

릎을 대고 몸을 낮춘다. '첨벙' 잠시 조용하다. 누가 먼저인지 몰라도 개구리 소리한다. 길게 속울음을 풀어낸다. 무엇이 그리 그리운지 울음으로 부른다. 집 앞에 지구의 모퉁이를 담은 작은 논이 있다.

비움의 가치

'코로나 19' 때문에 사회적 거리 두기 운동 중이다. 자유
로이 다닐 수 없고 마음 놓고 만날 수도 없다. 급한 일이 아
니면 미룬다.

마당 모퉁이에 걸어 둔 솥에 애꿎은 흰 빨래만 한 솥 삶
았다. 옥상에서 탈탈 털어 널다가 이면 도로변에 활짝 핀
벚꽃 군락을 본다. 가슴이 방망이질 친다. 마스크를 쓰고
벚꽃 흐드러진 길을 걷는다. 마주치는 사람도 없다. 한갓
진 시골이 더 적막하다. 바람에 날리는 꽃잎에 미안하다.
어쩌겠는가. 상춘객을 기다리던 마을에서는 손님들이 몰릴
까 두려워 유채꽃을 갈아엎기도 한다는데.

실내에서 미적거리다 화단에 나와 잡초를 뽑는다. 풀로
덮혀 있던 바닥이 드러난다. 자연히 공간이 생긴다. 올해
피는 화단의 꽃들은 더욱더 튼실하고 화사할 거다. 손바닥
만 한 잔디밭에 민들레, 봄까치꽃, 광대나물 등이 슬그머

니 엉혀 풀밭인지 잔디밭인지 구별이 안 된다. 그러다가 나중에는 주객이 전도되어 풀밭이 되고 만다. 아침저녁으로 눈에 띄는 대로 뽑다 보니 올봄은 잔디밭 같다.

쑥 올라온 튤립이 한창이다. 이맘때면 유치원생들이 기념사진 찍느라 꽃을 당겼다가 놓았다가 왁자한데 휴원이라 아이들을 만날 수 없다. 거리 청소하는 노인들이 화단 턱에 앉아 꽃양귀비가 예쁘니 튤립이 예쁘니 옴니암니 따지며 쉬는데 조용하다.

밭에 간다. 나물만 뜯고 오기가 미안해 잡초도 뽑는다. 방풍나물 사이에 비집고 올라오는 풀을 골라낸다. 고사리나 두릅 순은 알아서 거리 두기를 하고 있다. 식물은 씨앗을 뿌릴 때나 뿌리를 옮겨 심을 때부터 적당한 간격 두기를 한다. 간격 두기는 땅과 그것에 밀착한 모든 식물이 취하는 오래된 살아 내기의 방식이다.

그러하듯이 사람 사이에도 거리가 있다. 가족과의 거리가 있고 팔을 뻗으면 닿을 수 있는 개인적 거리도 있다. 그 거리는 가까운 친구나 지인을 들 수 있다. 이 미터 거리를 주장하는 사회적 거리 두기는 일 관계로 만나는 사람과의 거리라 할 수 있다. 가족과 친구와 지인들과 만남을 일시 중단하는 것은 너와 나, 모두를 지키고자 하는 마음에서다.

옷장을 열어 입지 않은 옷을 덜어 낸다. 마음이 설레지 않은 옷은 이미 관심이 떠난 것이라고 했지. 혹시 유행이 돌아오면 입을까 없애지 못한 옷을 걷는다. 몸이 불어 작아진 옷, 원단이 아깝다며 걸어 둔 옷도 내린다. 추억과 사연이 있는 옷이라고 내치지 못한 것도 심호흡하며 안녕을 고한다.

책장 앞에 서서 눈으로 훑어본다. 섰다 앉았다 뺐다 꼽기를 반복하다가 마당에 나와 가지치기한 나무를 본다. 시원하고 단출하다. 다시 책장 앞에 선다. 오래된 책부터 뽑아 보내 주신 작가의 사인을 오려 두고 상자에 담는다.

옷장에 바람이 통한다. 빼곡하던 책장에도 숨통이 트인다. 창고에도 사회적 거리가 생긴다. 어느 정도의 거리가 적당한 것일까? 팔짱을 끼는 것도 좋지만 팔을 뻗으면 닿을 수 있는 거리도 좋다. 자주 만나지 못함에 소식이 궁금한 사람이 있다는 것은 행복하다. 멀리 있어도 곁에 있는 듯 든든한 사람에게 안부를 여쭙는다.

거리 두기를 겪으면서 비로소 깨달았다. 더 많이 비울수록 소유한 것들의 가치가 드러나고 삶의 만족감이 높아진다는 것을. 비움과 단순함을 따르는 것은 스스로 넉넉함을 느끼는 삶의 방식임을. 앞으로는 비우는 일에 부지런해지고 채우는 일에는 게을러질 참이다.

새싹 유치원

텃밭에 새싹들이 세상을 내다보러 뾰족뾰족 싸목싸목 얼굴을 내민다. 봄비가 숨바꼭질하자고 불러냈는지 봄 햇살이 개나리, 진달래 구경 가자고 졸랐는지 왁자하다. 같은 듯 다른 저마다의 색깔과 모양으로 마구 손들고 나온다. 새싹 하나하나가 새로 만난 어린이집 아이들을 닮았다.

오늘 할머니가 들려줄 이야기는

"제목 나와라, 뚝딱."

"요술 항아리."

말이 끝나기 무섭게

"나도 그 이야기 알아요. 할머니!"

아는 체하는 아이, 먼저 쏙 올라와 빨리 데려가지 않으면 잎 피울 거라고 거드름을 피우는 올고사리 닮았다. 옆 친구의 다리가 자기 자리로 넘어왔다고 밀어내는 아이, 상추 두둑에 시금치 씨앗이 날아와 섞였다고 텃세하는 것 같다.

좁은 공간인 어린이집에도 경계 없이 터뜨리는 봄꽃처럼 소란스러운 장면이 펼쳐진다. 누가 한마디 하면 질세라 함께 거든다. 옆 친구가 특별한 행동을 하면 옳든 거르든 따라 한다. 밀다가 당기다가 토닥이고, 드러눕고 치마를 뒤집어쓰고 돌아앉는 아이. 코를 후비다가 느닷없이 일어나 돌아다니는 녀석. 봄볕에 천방지축으로 잎을 뻗는 방풍나물을 닮았다.

조금 시간이 지나면 나의 자리만 아니고 너의 자리도 될 수 있는 우리들의 공간에서 배려와 양보의 마음이 예쁘게 자랄 것이라 기대한다. 살아가는 데 필요한 예절은 유치원에서 모두 배운다고 하지 않던가.

"요술 항아리에 무엇을 넣어 보고 싶어요?"

물었더니 유난히 눈이 큰 준이가 엄마를 넣어 네 명으로 만들고 싶단다. 이야기하는 동안 제일 앞에 앉아 나의 치맛자락을 만지작거리던 아이다. 첫 번째 엄마는 아빠 여보, 두 번째 엄마는 준이 엄마, 세 번째 엄마는 누이동생 엄마, 네 번째 엄마는 막냇동생 엄마 할 거란다. 눈물이 핑 돈다. 그 아이도 나도. 무릎에 앉혀 꼭 감싸 안았다.

붉은 듯 연두인 듯한 새싹들과 눈을 맞추며 내 가슴 텃밭에도 사랑이 남실거린다.

같은 버스, 다른 기사

낚시를 즐기는 사람들이 많이 찾는 욕지도 대송마을이다. 하룻밤을 묵고 군내버스를 기다린다. 새천년 공원에서 내려 천왕봉에 오를 계획이다. 승용차가 휙휙 지나간다. 낚시하거나 욕지도 관광을 목적으로 온 여행객이다. 우리도 자가용이 있나 싶을 정도로 부럽다.

가까이서 보던 바다보다 멀찍이 떨어져 내려다보는 아침 바다는 잔잔하다 못해 애잔하다. 마치 떠나는 사람을 촉촉한 눈빛으로 매달리는 연인 같다. 배웅하기 위해 나온 주인에게 정말 호수같이 잠잠하다고 했더니, 처음에 와서 집을 다 지을 때까지 잔잔한 호수 같더란다. 그해 여름, 태풍이 몰아치는 날 바다는 하얀 거품을 물고 앞에 보이는 작은 섬을 들었다 놓았다 하더란다. 그래서 펜션 이름을 마을 이름과 같은 '대송'으로 바꾸었다고 한다. 옛 이름은 '호수처럼 고요한 바다'였다고.

버스가 모롱이를 돌아온다. 기사가 마을 행사에 참석하는 주민들을 태워 주다 보니 늦었다고 사과부터 한다. 타는 주민들은 기사를 선장이라 부른다.

'아니, 버스 기사를 무슨 선장이래.'

정차장에서 마을 노인들이 타면 그냥 앉아서 맞이하지 않는다. 승강구까지 가서 안부를 물으며 어르신의 손을 잡고 끌어 준다. 백지장도 맞들면 낫다는데 하물며 장년의 힘인데 오르기가 얼마나 수월하겠는가. 노인들은 앞 좌석에 앉지 말고 그다음 좌석에 앉고 안전띠를 착용하라는 안내도 곁들인다.

몸집이 넉넉한 기사는 경치가 좋은 곳을 지날 때 속도를 줄이며 해설한다. 풍광이 더 멋진 곳에서는 잠시 멈추고 버스에서 내려 사진 찍을 시간을 준다. 즉석 사진사로 자처한다. 버스를 기다리며 투덜댔던 마음이 넉넉해진다. 기사의 나누고 베푸는 덕성과 이타성을 실행하는 데서 오는 즐거움과 행복이 승객에게 전이된 모양이다. 오늘 하루 좋은 일이 생길 것 같다. 그래서 버스 기사가 아니고 크루즈 선장이라 부르나 보다. 육지를 달리지마는 창밖으로 보이는 바다를 안내하는 예의 바른 선장. 그에게 꼭 맞는 애칭이다.

'코로나 19' 때문에 마스크 구하기가 어렵다. 시골에서는 우체국이나 농협하나로마트를 통해 구매해야 하는데 대기표를 받아 기다렸다가 판매 시간이 되면 사야 한다. 시간 맞추어 가면 물량이 없어 헛걸음친다. 직장 다니는 사람도 바쁘지만, 농업에 종사하는 사람도 시간이 없다. 옛날 같으면 아직 농한기인데 요즈음은 시설재배 하는 사람들이 많기 때문에 한가롭지 못하다.

군내 버스는 오일장이나 병원을 오가는 노인들의 발이다. 젊은 사람들은 승용차로 움직이지만, 노인들은 오로지 버스를 이용한다. 한 남자가 오른다. 황급한 일이 있었던 모양이다. 두리번거리다가 들고 온 물건을 의자에 팽개치다시피 하며 옆에 앉은 노인에게 사연을 풀어놓는다. 마스크 사러 오다가 차 사고가 나서 수리하러 보내고 왔다며 툴툴댄다.

"마스크 구하기가 이렇게 어려워서야 바쁜 사람 마스크를 살 수나 있겠소. 어르신같이 시간이 많으면 모를까."

옆에 앉은 노인 하시는 말씀,

"우리는 시간이 있어도 한번 오기 힘들어. 아침 8시 버스 타고 와 농협마트 앞에서 줄 서서 9시 반까지 기다리다 대기표 받았지. 마스크는 11시 되어야 판다네. 또 기다렸다가 이제 사서 가는 거요. 허리도 아프고 다리도 아파. 어서 집에 가서 눕고 싶어."

옆에 앉아 있던 다른 노인이 마스크 두 장을 들고 흔든다. 괜히 미안해 창밖으로 시선을 돌린다.

마침 기사가 와서 버스 시동을 건다. 버스가 덜덜거린다. 출발하려나 했는데 시내에서 오는 버스를 기다리는 눈치다. 금곡면 종점에서 내리는 손님을 받아 고성군으로 넘어가는 군내 버스니까.

"참 바빠 죽겠는데. 기사 양반, 똥차는 언제 출발할 거요?"

남자의 볼멘소리를 받아 기사가 한 말씀 던진다.

"똥이 차야 출발하지요."

남자의 압력밥솥 김빠지는 소리와 버스에 탄 손님들의 웃음소리로 차 안이 벅적한다. 웃음이 멈추자 씁쓸함이 뒤따른다. 항간에 떠돌던 우스개가 실제로 벌어지다니. 앞뒤 생각 없이 내뱉은 말 한마디에 졸지에 똥이 된 승객들. 말과 글은 바로 그 사람이라 하지 않던가. 서로 입장 바꿔 한 번만 더 생각한다면 따뜻하고 편안함이 가득 찬 행복한 버스일 텐데.

같은 군내 버스인데 한 기사는 똥차에다 똥을 싣고 다니고, 욕지도의 기사는 손님들과 함께 바다를 여행한다. 크루즈 선장이란 별명이 하루아침에 생겼을까? 남자 말을 야멸차게 받아쳐 기어이 손님을 모두 똥으로 만들어 버린 기사. 두 사람의 대화가 행여 침묵 속 내 모습은 아닌지 더듬어 본다.

비슷한 처지이면서 불행하다고 믿는 사람은 불행해 보이고 행복하다고 웃는 사람은 정말 행복해 보인다고 한다. 행복은 물질적 형편의 문제가 아니라 사소한 것 속에서 느끼고 향유하는 능력에 깃드는 무엇이라지. 작고 단순한 것 속에 행복이 있다며 자기 일을 즐겁게 하던 크루즈 선장을 떠올리며 입꼬리를 올린다.

장군이와 일곱 살 할머니

"하머니 하머니이."

길 건너편에서 누군가를 부르는 소리가 들린다. 돌아보니 노란 유치원 버스 속에서 흔드는 고사리손이 보인다. 장군이다.

처음 만났을 때 눈도 잘 맞추지 않고 몸을 흔들다가 마음대로 일어나 다녔다. 발음도 분명치 않아 의사소통이 어려웠다. 이야기 도중 서슴없이 돌아다니는 아이를 붙들고 내무릎에 앉혔다. 덩치가 다른 아이들보다 컸다. 묵직했다. 보듬고 이야기하다가 아이와 눈을 맞추고 율동을 할 때는 손을 잡고 같이 동작을 했다. 몇 분이 지나자 아이가 스스로 무릎에서 내려와 자신의 자리로 갔다. 여전히 산만하지만, 아이와 나의 감정이 차츰 차분해지는 것 같았다. 아이를 '장군'이라 불렀다.

처음에는 친구들이

"장군아!"

하며 웃었다. 그날부터 다른 아이들에게도 별명을 만들어 주었다. 예쁜이, 집중이, 공주, 새침이, 보람이, 우뚝이, 똑순이 모두 좋아했다. 장군이를 자주 불러도 아이들은 시샘은 하지 않았다. 한 학기가 거의 끝날 무렵 무릎에 앉힌 햇수만큼이나 장군이의 행동에 변화가 오고 발음이 조금씩 나아짐을 느낄 수 있었다. 중얼거리는 횟수도 줄어들고 시작과 마치는 노래도 동작과 함께 일정 부분 따라 했다. 마지막 부분인

"다시 만나요, 빵빵!"

할 때는 제일 큰 목소리를 냈다.

일 년이 훌쩍 지나고 방학을 즐기는 동안 애틋하게 헤어진 장군이를 잊었다. 다음 해 기관 배정받을 시기에 연구원의 전화를 받았다. 같은 기관을 연거푸 갈 수 없다더니 작년에 방문했던 유치원에 가도 되겠냐고 의사를 타진해 왔다. 유치원에서 원한다면 나는 상관없다고 했다.

설레는 마음으로 첫 수업을 하러 갔는데 칠세 반에 장군이가 있었다. 밝아진 얼굴에 행동도 의젓했다. 작년과 달리 말수도 늘고 발음도 좋아졌다. 담담하게 대하였더니 내 주위를 맴돌았다. 살그머니 무릎걸음으로 다가와 나의 치맛자락을 만졌다. 모르는 채 두었다. 당겨도 보고 엄지와 검지

로 비벼도 본다. 참을 수 없어 웃었더니 장군이도 웃었다.

그때부터 할머니와 손자가 되었다. 이야기를 듣는 태도도 많이 달라졌다. 내년에는 일반 초등학교에 갈 수 있겠다는 믿음이 생겼다.

"하머니는 며 사 알?"

무슨 말인지 알아듣지 못하여 그냥 웃으며 얼버무렸다. 두어 번 더 물었지만 묵살 아닌 묵살을 했다. 시무룩한 아이에게 미안하여 선생님에게 도움을 청했다. 뒤늦게 그 말의 뜻을 알고는 장군이를 꼭 안아 주었다 두 손을 활짝 펴서 세 손가락을 접었다.

"일곱 살이야."

힘주어 말했더니 그날부터 내 나이는 일곱 살이 되었다. 아이들의 동갑내기 친구였다. 이야기를 마치면 아이가 계단까지 나와 안 보일 때까지 손을 흔든다. 치마를 들고 걷는 우스꽝스러운 시늉을 한다. 그건 계단 내려갈 때 긴치마를 들고 내려가라는 몸짓이다. 언젠가 버스를 내리다가 뒷사람이 치맛자락을 밟아 넘어질 뻔했다는 말을 듣고는 아이가 내게 보내는 마음 씀씀이다. 가슴이 뭉클하다.

이야기 할머니는 아이들의 멘토이며 친구이다.

"할머니 모기가 물었어요?"

눈꺼풀이 부은 내 눈에

"호호, 세세!"

기를 불어넣은 손가락을 댄다. 예쁜이가 내가 한 그대로 흉내 낸다.

"응, 할아버지 말을 안 들어서 모기가 물었어."

"히히, 할머니도 말을 안 들어요?"

공주가 질세라 인플란트 한 치아를 보고

"할머니, 이가 왜 은색이에요?"

"응, 치카치카를 열심히 안 해서 그래."

"너희들은 양치질 잘해야 해."

"네, 네, 네!"

할머니는 무너져도 괜찮다. 나로 하여금 아이들의 잘못된 생각과 행동을 바로잡을 수 있다면.

이야기 할머니는 모범 할머니여야 한다. 유치원이나 유아원에서 이동할 때도 오른 길로 사뿐사뿐 걷고 물을 한 모금 마셔도 양해를 구하고 마셔야 한다. 오죽하면 아이들 보는 데서는 찬물도 못 마신다는 말이 있을까. 특별할 것도 없는 물인데 모두 맛을 보려고 한다.

이야기 할머니는 공명정대해야 한다. 편애에 아이들의 마음이 상할 수 있으니까 모든 어린이에게

"그랬구나, 잘했어. 잘했어, 짝짝!"

칭찬 박수를 자주 사용한다.

"할머니는 어떻게 책도 안 보고 줄줄 이야기할 수 있어요?"

"응, 읽고 또 읽으면서 외우고 연습하는 거지. 거울을 보면서도 연습한단다. 여러분들에게 예쁘게 보이려고."

"안 그래도 예뻐요."

모두 소리 높여 말한다.

"정말! 어머나, 고마워."

그때 똑순이가

"할머니도 김득신처럼 만 번이나 책을 읽으며 공부하는 거예요?"

"그래 그렇지, 우리 친구는 참 똑똑해."

이렇게 아이들과 할머니는 찰떡궁합이다. 무엇보다도 장군이의 태도다. 이야기에 귀 기울이고 삽화를 보고 자신의 생각을 말하기도 한다. 문득 몽테스키외의 말이 떠오른다. '무지가 우리를 무정하게 만드는 것처럼 지식이 사람을 부드럽게 만든다.' 교육이 이렇게 사람을 변화시키는 것처럼 사랑과 관심 또한 사람을 부드럽게 만들고 발전시킨다는 것을 현장에서 체험하였기에 유치원 선생님을 우러른다. 이런 무릎 교육을 실행한 한국국학진흥원의 탁월한 선택도 존중한다.

'아름다운 이야기 할머니' 활동은 나 자신을 돌아보게 하며 아이들처럼 순일하게 만든다. 그리하여 함께 성장한다.

표정이 밝아졌다는 것은 몸과 마음이 좀 더 성숙하고 젊어진 것 아니겠는가. 〈책을 만 번이나 읽은 아이〉로 마지막 수업을 하고 코팅한 이야기 원고와 친구들의 칭찬 박수가 민들레 홀씨 되어 장군이 가슴에 안긴다. 내년 봄에는 샛노란 민들레가 필 거다.

희망꽃이 피었습니다

목소리로
책을 만나보세요

집 가까이에 있는 초등학교다. 온봄달 생활 계획표가 화사한 얼굴로 나를 반긴다. 토박이말 시범학교답게 고유어를 즐겨 쓴다. 운동장을 한 바퀴 두 바퀴 돌다가 나무에 무슨 이름표를 몇 개나 달아 놓았나 싶어 가까이 가서 보았다.

꽃봉오리 모양의 이름표에 학년, 이름, 장래 희망, 노력할 점을 적어 두었다. 이름 옆에 새롬, 힘찬, 늘품, 꽃등, 희나리 등 토박이 이름도 같이 써 놓았다. 일 학년부터 육학년까지 전교생의 자람을 지켜볼 수 있는 거다.

한 걸음 한 걸음 옮기면서 "샛별, 힘찬, 아름" 나지막이 불러 보며 아이들의 모습을 나름대로 그려 본다. 한 학년이 올라갈 때마다 자신의 희망에 얼마나 가까이 갔는지 추측해 볼 수 있겠다. 모자란 점이 있으면 더 노력하는 계기가 되겠지. 한 번으로 끝내지 말고 졸업할 때까지 지금의 이름표 밑에 이어 달면 좋겠다. 신선한 생각들을 담은 이름표가 바람에 살랑거린다.

소나무, 무궁화, 쥐똥나무, 태산목, 편백, 측백. 좋아하는 나무에 자신의 꿈을 매다는 아이들의 모습을 상상한다. 장난기 어린 저학년 아이들을 비롯해 사뭇 진지한 표정을 짓는 고학년 아이들마저. 키가 작은 동생들을 보듬어 올려 달게 했을까? 일학년 아이의 이름표가 키보다 높이 달려 있다.

제빵사가 되고 싶은 이 학년 한빛이는 열심히 책을 읽으며 공부하고, 선생님이 장래 희망인 일 학년 소담이는 책 읽기를 꾸준히 할 거란다. 경찰이 되기를 원하는 늘품이는 달리기 연습을 부지런히 하고, 우주과학자가 희망인 찬새미는 우주에 관한 책을 폭넓게 읽겠다고 태산목 가지에다 매달아 놓았다. 축구를 잘하고 싶은 밝음이는 재질이 단단한 회양목에 자신의 꽃봉오리를 엮어 두었다. 광나무에도 이름꽃이 매달려 꽃 피우기를 기다리고 있다.

새로운 계획을 세우기에는 새해, 새봄, 새 학기가 제격이다. 나도 그랬다. 새해가 되면 무언가가 열리고 맺힐 것이라 생각하고 그 무언가를 위하여 멀리 해맞이를 떠나기도 했다. 살다 보니 가까운 곳에서 바라보는 해맞이가 더 가슴 벅차게 느껴진다. 이제는 우리 집 옥상에서 연화산 봉우리 사이에서 올라오는 해를 맞이한다.

매일 뛰어놀다 마주치고 오가며 볼 수 있는 나무에 아이들의 꿈을 매달아 놓은 건 좋은 생각이다. 의기소침해졌을 때나 기분이 좋을 때 찾아가서 격려받고 축하받을 수 있으니까. 올해 입학한 손자에게 바라는 희망 사항도 내 마음속에 적어 놓는다.

"애들아, '모든 순간이 다아 꽃봉오리다. 내 열심에 따라 피어날 꽃봉오리'라고 어떤 시인이 말했단다. 언젠가는 활짝 핀 꽃이다가 튼실한 열매가 맺힐 거다."

화단에 진달래가 탐스럽게 피었다. 내년에는 더 많은 희망꽃이 피면 좋겠다.

지팡이의 가르침

마을 뒷산에 자주 오른다. 입구에 여러 가지 모양의 지팡이가 줄지어 서 있다. 각자의 키와 체력에 맞추어 고르면 된다. 산을 오르는 사람들이 사용하고 세워 둔 것이 이제는 열 개가 넘는다. 그 모양새가 참 다양하다.

쭉 곧고 단단하기가 등산용 지팡이 못지않은 것. 구부러져도 땅에 닿는 부분이 두 가닥으로 벌어져 안정감이 있는 것. 손잡이가 편하게 생긴 것. 굴곡져 사용하기가 쉽지 않을 것 같아도 가볍다는 이유로 그 지팡이만 사용하는 사람도 있다. 재질도 다양하다. 소나무, 물푸레나무, 상수리나무, 느릅나무, 오리나무. 모두 임도 주변에서 자란 나무다. 지팡이를 물끄러미 쳐다보다가 가까이 있는 사람이나 사물이 서로 도움을 주고받는구나 싶다.

정해진 시간에 모여 다른 사람들과 함께 산을 오르면 아직은 지팡이가 필요 없다. 걸으면서 유치원 아이들에게 들려줄 이야기를 새기려는 욕심에 혼자 오른다. 같이 간다면 서로 보조를 맞추어야 하지 않는가. 사람 사는 이야기나 마을 소식을 들으며 걷는 것도 좋지만, 집중할 기회를 놓치고 싶지 않은 욕심의 발로다. 시간을 맞추기도 어렵다.

즐겨 쓰는 것은 묵직하면서 단단하고 길이가 긴 지팡이다. 걷다가 한 번씩 제 김에 놀라 진땀이 날 때가 있다. 바람이 불면 임도 따라 굴러 내려오는 낙엽 소리가 무서워 돌아보거나 멈춰 서기도 한다. 더 부산스러운 소리가 나면 멧돼지인가 싶어 등골이 오싹해질 때도 있다. 무생물이지만 손에 쥐고 있으면 미덥다. 지팡이로 멧돼지를 쫓고 가랑잎 구르는 소리에 놀라 휘두를까마는 마음은 든든하다. 먼저 간 사람이 짚고 갔는지 자주 사용하는 지팡이가 없다.

노인이 쑥을 캐고 있다. 지팡이를 짚고 가다가 무겁고 버거워 오르기를 포기했단다. 휑하니 한 바퀴 돌고 내려오니 그때까지 주변을 맴돌며 제법 한 움큼이 될 만큼 쑥을 캐놓고 쉬고 있다. 눈이 삼삼해서 그만두었단다. 국을 끓이기에는 모자라는 양인 것 같아 칼을 받아 도와준다. 옆에 둔 지팡이가 내가 자주 사용하는 지팡이라고 했더니 쑥을 캘 동안 다른 칼로 지팡이 손잡이 부분을 다듬어 내민다. 내 전용 지팡이가 된 셈이다. 노인들이 짚기로는 무겁고 길이가 길다.

　지팡이는 노년층을 건강한 삶으로 이끄는 '세 번째 다리'와 같다. 허리와 다리가 불편한 사람이 지팡이를 잘 사용하면 낙상을 예방하고 척추 변형을 막는 등 건강 효과가 있다.

　어려서는 걸을 때 팔을 이용해서 몸의 중심을 잡거나 주변의 물건을 잡고 이동한다. 성년이 되어 뼈나 근육에 이상이 생겼을 때 지팡이를 사용한다. 요긴하게 쓰다가 괜찮아지면 '내 건너간 사람 지팡이 팽개치듯' 하기 쉽다. 그러다가 노년이 되면 서서히 지팡이의 필요성을 느끼게 된다. 시골 노인들은 신체 균형이 흐트러져 보행이 불편한 사람이 많다. 고된 노동으로 인해 척추기립근이 위축돼 허리가 굽은 노인이 대부분이라 오를 때보다 내려올 때 더 요긴하게 쓰인다.

　몸을 지탱하기 위해 짚는 지팡이가 대부분이지만, 마음을 다잡아 바로 세울 수 있는 지팡이도 필요하다. 지팡이의 손잡이를 다듬어 준 노인은 그날 처음 만난 나에게 자신의 마음속 깊이 재워 두었던 가슴 아픈 이야기를 수제비처럼 뜯어낸다. 몇 십 년 동안 쟁여 둔 사연은 윗물을 따라 낸 전분처럼 더 단단하다.

　어린 자식을 잃은 사연을 풀어내는 노인은 애절한 마음을 눈빛에 담기도 하고 몸짓으로 끊어질 듯 이어 가다 간간이 말을 아끼기도 한다. 말이 끊어질 때는 마음이 조급해도 재촉하지 않고 같이 숨을 고르며 기다린다. 그저 고개를 끄덕이다가 같이 눈시울을 붉힌다.

아직도 포기하지 못한 노인의 마음처럼 짓무른 눈꼬리가 붉다. "내가 처음 본 양반한테 별소리를 다 하네. 그런데 동굴 같던 속이 뻥 뚫린 것 같아." 낯설었기에 편했던 건 아닐까. 참으로 내뱉기 어려운 이야기를 풀어놓다니.

마을 사람들과 함께 산을 오르지 못해 미안한 마음이 들 때도 있었다. 이제 그 마음이 홀가분하다. 여럿이 움직였다면 노인이 나에게 이야기를 풀어놓지 못했을 거다. 쓰임에 따라 모양과 재질이 다른 여러 지팡이가 있듯이 외로운 사람의 이야기를 들어 주고 흔들리는 삶을 지탱할 수 있는 말벗이 되는 것도 지팡이 역할 중 하나가 아닐까.

어머니이기에 굳게 참고 여기까지 왔을 거다. 작은 몸매에 여린 마음, 약한 것들로 이루어진 노구를 지금까지 버티어 온 것이 장하다고 투박한 손을 잡고 토닥인다. 그 울림이 도리어 나에게 전해진다. 누군들 맑은 날만 있으랴. 세찬 바람에 나무가 꺾이고 또 어떤 날은 장대비가 쏟아져 흙이 떠내려갈 때도 있다. 그런 날이 지나면 햇살 쨍한 날도 있지 않던가.

산에서 내려오는 사람들의 떠들썩한 소리가 바람과 함께

앞서 온다. '토옥 톡 타악 탁'. 내딛는 지팡이 소리가 삶의 무게만큼 다양하다. 그들이 머지않은 나의 모습이다. 몸과 마음이 어긋나지 않게 바로 세우라는 지팡이의 가르침을 듣는다.

진주만을 둘러보다

　이른 아침 커튼을 젖히자 숙소 근처 해변에는 벌써 수영하는 사람들이 있다. 파도를 가르는 사람, 모래밭에 자국을 남기며 뛰는 사람. 참으로 부지런하고 다양하게 즐긴다.

　아침을 먹고 나오니 젊은이들이 제 키보다 더 큰 보드를 이고, 들고 간다. 제각각 자신의 힘과 체력에 맞는 것일 테지만 버거워 보인다. 해변과 가까워서인지 수영복 차림의 남녀가 많다. 조가비 두 개와 손바닥만 한 옷으로 몸을 가리고도 천연스럽다. 어느 누구도 개의치 않는다. 촌스러운 나만 괜히 민망해한다. 어쩌면 겉모습만 그럴 뿐이지, 절제된 내면과 질서 의식과 개성으로 뭉쳐진 사람들이 아닐까 싶다.

　오아후섬의 남쪽 해안에 위치한 진주만 가는 버스를 탔다. 기사가 직접 돈을 받고 승차권을 끊어 준다. 하루 동안 표 한 장으로 여러 노선으로 다니는 버스를 이용해도 된단다.

여유로움이 묻어난다. 거동이 불편한 노인의 안전을 위해 앉을 때까지 긴 시간을 기다려 주는 기사와 자신의 힘으로 해내려고 노력하는 노인의 당당한 자세가 눈길을 끈다. 누구도 눈살을 찌푸리는 사람이 없다.

쇼핑몰이 밀집된 도심지를 벗어나자 산업 단지 같은 느낌이 든다. 한 시간 정도 지나자 전광판에 진주만이 뜬다. 버스 안의 사람들이 모두 내린다. 우리는 같은 곳을 목적지로 삼고 온 것이다. 일찍 가야 입장이 수월하다던 호텔 지배인의 말이 떠오른다. 줄을 선 행렬이 길다. 애리조나함 추모관에 입장할 수 있는 시간이 13시 15분이다.

남은 시간을 이용하기 위해 먼저 미주리호부터 살펴본다. 일본은 미드웨이 전투에서 미군에게 전멸에 가까운 참패 이후 태평양 제해권을 완전 상실했다. 한국 전쟁 당시 인천상륙작전과 흥남철수작전에도 투입돼 진가를 발휘한 미주리호다. 갑판에 설치된 거대한 함포가 막강한 위용을 자랑한다. 화력은 얼마나 셀까 상상해 보지만 가늠이 안 된다. 선상에서 맥아더 사령관이 지켜보는 가운데 미태평양함대 사령관 니미츠 제독과 시게미쓰 마모루 외무장관이 항복문서에 서명하는 사진이 붙어 있다.

사진 속의 일본 외무 장관이 지팡이에 몸을 의지하고 있다. 1932년 상해 홍커우 공원에서 윤봉길 의사가 던진 폭탄에 다리를 다쳤기 때문이다. 항복문서도 따로 보관해 두었다. 이로써 3년 8개월에 걸친 태평양 전쟁이 막을 내렸다. 기념하기 위해 상갑판에 원형 명판이 놓여 있고 승조원 휴식 공간에는 한국전쟁을 설명하는 자료와 사진이 전시되어 있다.

자료 속의 사진이 먹먹함과 뭉클함으로 몸과 마음에 전율이 인다. 치열했던 전장에서 의무병이 전사한 병사의 군번을 거두는 사진에서는 미안하고 숙연한 마음이 든다. 동생을 업고 있는 누이의 애절한 눈빛에서 얼른 업고 있는 아이를 받아 안고 싶다. 나라를 지키지 못한 지도자들의 무능함과 안일한 대처에 대하여 무슨 말이 필요하랴.

애리조나호 기념관을 방문하기 위해서는 실제 영상으로 제작된 다큐멘터리를 반드시 시청해야 한다. 그것도 정해진 시간에. 전쟁 당시 살아 있었던 병사들의 생생한 증언을 토대로 한 진주만 폭격 영상을 본다. 많은 젊은이가 순식간에 수장되는 영상을 보면서 나도 모르게 탄식이 새어 나온다. 우리말로 자막이 나왔다면 더욱 실감이 났겠지만 정확한 이해는 되지 않아도 전쟁의 비참함과 처절함이 그대로 느껴진다.

그 당시 일본이 얼마나 많은 나라를 식민지화했는지 지도상에 색칠한 곳을 보며 놀랐다. 동남아시아 전역을 침략

했다고 해도 과언이 아니다. 일본의 진주만 기습 공격. 군국주의 광기에 사로잡혀 있던 일본의 전시 내각은 자신들이 얼마나 무모한 일을 저질렀는지 깨닫지 못하고 멈추지 않았다.

사전에 유의할 사항을 전달받고 시간에 맞춰 배를 탔다. 진주만에 정박하여 있다가 폭침당한 네 척의 전함 중에 세 척의 전함은 인양되고 아직 바닷속에 가라앉아 있는 USS 애리조나호이다. 폭파된 함정에 세운 구조물에 오른다. 싸워 보지도 못하고 침몰해 1,102명의 수병이 그대로 수장된 곳에 세워진 전몰 추모관에 전사한 수병들과 민간인의 이름이 나열되어 있다.

칠십여 년 넘게 잠겨 있는 전함의 부분 부분이 녹슬고 삭고 기름이 묻어나도 그 기억을 잊지 않고 되살리기 위함이란다. 과거는 과거일 뿐 그때의 실수를 잊지 않기 위해 애씀을 볼 수 있었다. 부끄럽다고 감추지 않고 있는 그대로의 모습을 보여 주는 강대국의 용기가 저런 것이구나 싶다. 성조기를 게양할 권리를 영원히 부여받은 곳. 관리는 국립공원관리공단에서 하지만 미 해군은 소유권을 포기하지 않고 있단다.

우리는 조선총독부 건물이 일제 잔영이라고 폭파했다. 우리의 치부라고만 생각했지 사실을 인정하고 그와 같은 일이 더 일어나지 않게 할 목적으로 전환하지는 못했다. DMZ 역시 상대방을 자극한다는 이유로 드러내지 않으려 한다. 지도상에 어디 있는지도 모르는 나라에 와서 피를 흘린 병사들. 고지를 탈환하기 위해 목숨까지 잃은 전사자들을 생각하면 가슴이 뭉클하다. 평화를 위해 목숨을 바친 용사들 앞에 하와이 무궁화 한 송이 바친다.

와이키키해변에 드러누워 일광욕하는 관광객들. 긴 입맞춤도 개의치 않는 자유분방한 남녀. 수건 한 장에 몸을 뉘고 낮잠을 즐기는 주민들. 해먹에 몸을 던져 흔드는 젊은이들의 여유. 이 순간은 자유와 평화를 위해 몸 바친 용사들의 피 흘림이 이루어 낸 것이다. 꽃다운 젊은이들의 고귀한 희생으로 누리는 자유다.

그 자유가 단절되지 않도록 노력해야 하리. 이제라도 영원한 자유와 평화를 위해 할 수 있는, 작은 변화라도 이루기 위해 해야 할 일이 무엇인지 고민할 거다.

감나무 두 그루

집에 오래된 감나무가 두 그루 있다. 한 그루는 안채 동쪽에 있고 한 그루는 서쪽 장독대 곁에 있다. 감나무 두 그루가 축이 되어 작은 화단에는 철철이 꽃이 피고 진다.

얼음새꽃이 먼저 샛노란 꽃봉오리를 밀어 올리며 머지않아 봄이 올 거라고 알린다. 엄첩다. 그 여린 것이 낮은 자세로 얼굴을 활짝 펴니 황량하던 화단에 온기가 돈다. 움츠려 있던 봄것들이 어깨를 들썩인다. 튤립이 꼬였던 잎을 편다. 한 잎이 두 잎이 되고, 두 잎 사이에서 꽃대가 올라올 거다.

화가들의 붓놀림이 바빠진다. 애살스러운 화가가 한 가지 색으로 아쉬웠던지 붓끝에 다른 색을 묻혀 살짝 눌렀나 보다. 숨어 있던 색깔이 서서히 나타난다. 우아한 듯 선명하고 화려하다. 인근 유치원생들이 몰려와 선생님 지시에 따라 저마다 귀여운 모습으로 사진을 찍는다. 꽃을 당기며 서로 자기 꽃이라 우기다가 떠날 때는 고사리손을 흔들거나 배꼽 인사를 한다.

질세라 금낭화 여린 순이 발그스름한 옷을 입고 구순하게 올라온다. 한 꽃대에 오종종히 매달린 꽃을 보면 어린 시절 두레 밥상에 앉아 복닥거리던 식구들이 생각난다. 꽃양귀비가 무리 지어 피면 골목이 환하다. 지나가던 사람들이 경계뿐인 담장 안팎 작은 화단에 눈길을 준다. 초등학교 동창회라도 열리면 추억을 물고 늙은 졸업생들이 한바탕 소란을 떨고 간다. 시설재배 하느라 바쁜 이웃들도 지나가다 잠시 꽃구경을 한다. 꽃이 만남과 담소의 장을 펼친다.

어디 그뿐이랴. 때맞춰 올라오는 풀꽃들은 어떤가. 해마다 스스럼없이 찾아오는 손님이다. 잔디밭에 자리 잡아도 내치지 않는다. 꽃이 피면 오래오래 눈을 맞춘다. 그들은 나비까지 동행하여 봄놀이를 즐긴다. 족두리꽃, 백양꽃, 꽃무릇은 아련한 추억을 불러온다.

감나무 턱 아래 명자나무와 박태기나무가 있다. 다홍색 꽃이 먼저 피고 연두인 듯 연붉은 새잎이 나면 명자나무는 절정이다. 박태기나무에는 밥풀 같은 요요한 꽃이 둥치에 붙어 핀다. 어미 젖가슴에 매달려 빈 젖을 물고 있는 아이 같다. 둥치에서 우듬지까지 꽃송아리가 만발하면 솜사탕을 나무에 휘감아 놓은 듯하다. 눈을 떼지 못한다.

그때쯤이면 벌이 곡어미 같은 울음소리를 내며 잉잉거린다. 미스 김 라일락 향기는 나는 듯 아니 나는 듯 사방을 두리번거리게 한다. 새침데기 작은 아씨 향기려나. 은목서·금목서는 여인의 향기다. 금목서가 꽃등을 밝히면 내 마음도 등불을 켠다.

그 모습을 곁에서 지켜보는 감나무는 두 눈을 질끈 감고 입을 앙다문다. 천천히 천천히. 서두르다 꽃샘추위에 얼면 안 된다고 애잎을 단속한다. 재래종 감은 다른 감보다 아주 떫다. 늘 팔을 뻗으면서도 조심조심 함부로 뻗어 올린 가지 하나 없다. 나무는 독한 마음으로 당신 품에서 피운 감꽃을, 땡감을 떨구며 스스로 솎는다. 아니다 싶은 가지는 툭 분질러 버린다. 그 마음 오죽하랴? 새들마저 둥지를 틀지 못하고 다른 나무로 옮겨 앉는다.

그리하며 수명이 길고, 녹음이 좋고, 날짐승들이 집을 짓지 않으며, 벌레가 없고, 단풍 진 잎이 고우며, 과일이 좋고, 낙엽은 거름이 되는 것이다. 단호함과 독한 마음으로 가족을 지켜 낸 감나무는 생채기투성이다. 늙은 몸뚱이로 어찌 저리 예쁜 열매를 매다는지. 늦가을 하늘에 붉은 등을 켜다가 가진 것 죄다 내어놓고 다시 알몸으로 동안거에 든다.

두 감나무를 축으로 하여 작은 숲이 있어 외롭지 않다.

화단에서 철철이 피고 지는 꽃과 함께 옅은 웃음 짓다가 함박웃음도 터뜨린다. 때로는 늙수그레한 감나무 밑에서 서성인다. 둥치를 쓰다듬으며 어머님은 그 지난至難한 세월을 어찌 견디셨냐고 여쭙는다. 함께하여 참으로 든든하다.

유난히도 홍시를 좋아하던 골 깊은 얼굴이 어른거린다. 홍시보다 더 붉게 물던 가슴속 아련함에 눈시울을 적신다. 감나무에 까치밥만 당그라니 달려 있다.

꽃들은

무성하다. 장마 동안 자라난 풀들이 허리를 넘긴다. 날을 잡아 화단에 앉아 잡초를 뽑는다. 한 움큼 잡은 잡초 속에 다른 느낌이 있어 손아귀에 준 힘을 푼다. 가만히 뒤적인다. 잎 지고 한참 숨을 고른 상사화 꽃대가 고만고만하게 자라고 있다. 무성한 풀 더미 속에서 하늘을 향해 입을 오므리고 있는 꽃봉오리가 분홍빛 립스틱 같다. 그늘에서 쨍한 태양 아래 가슴에 맺힌 빛깔로 꽃을 피운 능소화를 곁눈질하고 있었나 보다.

아무도 챙겨 주지 않고 자리도 내어 주지 않은 그곳에서, 한 줄기 햇살에도 서운해하지 않고 말없이 자라고 있었다니. 너무 늦었다고 생각하며 피어나는 꽃은 없다. 꽃들이 자꾸 피어난다. 필 꽃은 기어이 핀다. 상사화도 머잖아 활짝 피겠지. 피어서 보름 정도 천지에 애절한 사랑을 퍼뜨리다 내년을 기약하며 스러질 것이다.

기다렸다는 듯이 무화과나무 아래 어디쯤에서 백양꽃 꽃대가 고개를 내밀 거다. 이번에는 내 차례라고 주홍색 립스틱을 바르고 오겠지. 무화과 잎들이 그늘을 드리워도 꽃은 어떤 환경에서 피어야 할지 방황하지 않는다. 억지로 피우려고 아등바등하지 않으면서도 때가 되면 피운다. 피어난 꽃은 바닥을 기는 땅빈대도, 하늘을 능가한다는 능소화도 부러워하지 않는다. 흔들리지 않고 자신의 자리에서 열심히 산다. 꽃무릇도 준비하고 있을 거다.

누가 뭐라고 하든, 스스로 자신의 스승이 되어 꽃의 길로만 간다. 갈팡질팡하지 않고 자신의 이름 꽃으로만 산다. 태양을 향해 피어 있다가 때가 되면 시들어 꽃은 지고 진자리에 열매 맺는다. 상사화가 피면 마음은 따라 애절하고 그 마음 다독이느라 백양꽃이 노을처럼 곱게 번진다. 질세라 뒤이어 꽃무릇이 핀다.

여린 꽃은 저리 오롯한데 바라보는 마음은 하루에도 수십 번 흔들린다. 좁은 화단에 꽃은 성긴 듯 무성하다.